「聖都・エルディアスは世界で一番平和な街だとも言われているんです」
「わ
「聞いてます、シオン？」

ヴェール・クロイツェン
魔族に家族を殺された復讐
鬼。聖女の正体を疑い、
アリシアに近づく。
アリシア
裏では異端審問
官として暗躍する
神々の花嫁。
犯人捜査のため、
聖都へ向かう。

ネヴィッサ・
ヴェルナリア
聖都の人々に慕
われる“盲目の
聖女”。迫害さ
れる子供達を保
護している。
エルシオン
魔王を討ち、勇者
となった元傭兵。
教会から聖女の護
衛を依頼され、ア
リシアと聖都へ向
かう。

「頑張りましょう。シオン。
神様に、負けないぐらいに」
シオンは黙って頷いた。
何度も。何度も。私の胸の中で。

勇者殺しの花嫁 II

- 盲目の聖女 -

葵依幸

HJ文庫
1159

口絵・本文イラスト　Ｅｎｊｉ

Contents

The Hero's Killer Bride

隙間風に揺らめく蝋燭の灯りが俺達の影を躍らせていた。

鼻を突く甘い香り。

肉を割き、骨を折る度に上がる悲鳴はさながら天上の宴だとでも表現すべきだろうか。

――踏み潰し、引き裂き、血を浴びる度に込み上げてくる快感には何処か現実味がなく、夢の中にでも迷い込んだような奇妙ささえ感じていた。

「殺すッ……、お前を、必ずッ……、」

「あー、はいはい」

足首に伸ばされた指先が、爪が、食いこんで、その痛みにすら笑みがこぼれる。

――そう、これは夢ではない。現実だ。

痛みこそが、現実なのだと教えてくれる。

高揚感と幸福感。

腹から下半分を引き千切られた男が怒りに燃える瞳で睨み上げていた。

その表情を見ていると気分が昂って仕方が無い――。

「殺すッ……、殺して、殺すッ……、」

恨み節を吐くにしたって他にもバリエーションがないものかねぇ？

「おー、おー、おーっ？」

「殺してみろよ、ぁあん？　殺してやるんだろぉっ⁉　やる気だせよォッ！」

髪を掴んで随分と軽くなった頭を持ち上げ、叩きつける。鼻先の砕ける、心地好い音色が響き、赤色の瞳を覗き込むがそれらは全くと言っていいほど焦点が合っていなかった。

「おいおいおい、駄目だ駄目だ駄目だっ。まだ早いぜ」

言いながら膝を蹴り上げ、下顎を打ち砕いた。

頬に当たる血は生温く、鳥肌が立つほどに気持ちが悪い！

「まだ死んじゃ駄目だろォ！　なぁ⁉」

ぶくぶくと、血を噴き出す様子を見て、思わず頬が緩んだ。

まだ、生きている。

まだ、殺せるのだという、命の、実感。

いつか絶対殺してやると誓った相手がまだ生きている事がこんなにも嬉しいだなんて。

「ほんっと……、人生捨てたもんじゃねぇよなぁ……」

神様に、感謝する。

このような力を授けて下さった神々に、この身に起きた幸運に。奇跡に。

「……て、……が、」「…………んぅ？」

いまだ意識の残る男の言葉に俺（おれ）は耳を傾（かたむ）けた。

「仲間の誰（だれ）かが、きっと、お前を」――捜して、殺しに来る。

「ふはッ……」

頬が緩んで仕方がなかった。

笑い声が込み上げて来て、止まらなかった。

「お前らの方からやって来てくれるのならさぁっ、捜す手間が省けるよッ……？」

言って治りかけていた下顎を再び引き裂いてやる。

獣（けもの）の断末魔（だんまつま）を思わせる悲鳴に、全身の細胞（さいぼう）が歓喜（かんき）するのが分かった。

それでも、これで満足など出来はしない。

全ては復讐（ふくしゅう）で、これらは正義だ。

世界の為（ため）に、人類の為に、俺は殺す。殺して、殺して、殺し尽（つ）くす。

俺は監死者（デッド・シーカー）、奴（やつ）らにとっての闇夜の十字架（ヴェール・クロイツェン）だ。

1

元魔王軍幹部の狼人、天の牙・白狼将軍と呼ばれていた狼人の襲撃と、教会内で教皇に次ぐ権力を持つ七大枢機卿の内の三名が殺されてからひと月が過ぎようとしていた。

「はー……」

秋が深まるにつれて紅色の度合いを増していった中庭を通り掛かった私はそこに広がる景色を眺めて、独り、ため息をつく。

私の所属する教会、七大枢機卿が一人、サラマンリウス枢機卿の治める大聖堂の敷地内に設けられた中庭――。そこは本来であれば朗らかで、神官達の憩いの場になるべき場所だ。――なのに、「……なんですかねぇ……？　これは……」

呆れる私。「んなー」っと胸元に抱いた愛猫は可愛く鳴いて返した。おーよしよし。指先で顎を撫でてやりながらも、そろそろ現実を見つめるべきだろう。憂鬱だが……。

「足が止まってますよ⁉」

「うぉー⁉」

シオンが、……魔王殺しの英雄、勇者・エルシオン様が聖都から派遣されて来たという聖騎士達一行の十数名を相手に大暴れしていた。

「あはははは！」

白金の鎧に身を包んだ屈強な騎士達を笑いながら相手にする姿は『狂戦士』というか、『ちょっと頭のおかしくなった酔っ払い』とかの方が近い。

踊るように避けてカウンター気味に蹴ったり投げたり、踏んだり笑ったり、好き放題。

対する聖騎士様達は良い様に翻弄され、弄ばれている。

「はーっ、久しぶりに良い汗かいたよ！　皆さん、お強いですね！」

「勇者様は、その、……流石ですね……？」

「いえいえ、僕なんてまだまだですよーっ？」

仰向けに転がり、いまにも死にそうな勢いで呼吸を繰り返す聖騎士達とは対照的な清々しい程の余裕――。周囲に倒れ込んだ騎士達を見下ろしシオンはフードを外して汗を拭うと、再びそれを深く被ってから騎士達に手を差し伸べた。

「なんともまぁ……」

嬉しそうなことで……？

おかしなことになったものだとは思う。

先月の白狼将軍との戦闘で師匠である大英雄を失い、当人も少なからず傷を負った勇者・エルシオンは暫くの間前線を離れ、私のいるこの教会に身を置くことになっていた。

始まりは刺客としての接触だった。魔王討伐に成功し、人類の救世主となった勇者を快く思わない教会による暗殺計画。私は彼女の下へと出向き、御命を頂戴するハズだったのに、……今や勇者暗殺の神託は一時保留中だ。他の元魔王軍幹部による襲撃を警戒しての事だとかで、私は教会と勇者様の間で宙ぶらりんなのである。

まぁ、私は私で命を落としかねない重傷だったし、速やかに任務を遂行しろとか言われない限り文句はないのだが、神様の機嫌なんていつ変わるか分からない。

再び「勇者の首を取れ」と言われれば速やかに私は〝彼女〟にナイフを突き立てねばならないのだが——、……それはまぁ、いまは良いか。

気を揉んだところで、その手当てが支払われる事は無いのだし。

「はーっ……」

さて。おさらい終了。自分の置かれている現状とこれから振る舞うべき姿を思い返し、頭を切り替えると中庭へと踏み入った。

「少しやり過ぎですよ、勇者様」

「アリシア！」

シオンは子供っぽい笑顔で近づいて来るが、私はそれを躱して、横たわる聖騎士達の下で膝を突くと祈りを捧げる。

「挑み、傷つき伏した者達に、どうか再び立ち上がる力を」

呼応するかのように浮かび上がるのは幾つもの光の粒だ。

それらは騎士達の身体に触れると傷を癒し始める。

温かな光と、慈愛の心で以て。

――神々の奇跡、祈祷術。

文字通り〝祈る〟ことで齎される神々の寵愛という事になってはいるが、全てはペテンだ。神々の存在を信じさせる為だけに生み出された術式であり、こんなにも多くの光の粒を作り出す必要は一切ない。

全ては神々の存在を信じさせる為の演出であり、トリックだ。

それでも、傷はちゃんと癒えるし、身体の疲れも取れる。

その上、猿真似した所で発動するわけでも無いのが祈祷術の優れた所で、だからこそ、私みたいな小娘でも〝神々の花嫁〟として丁重に扱って貰える。

「……かたじけない。あなたは確か枢機卿猊下のお隣にいらっしゃった……？」

「アリシアです。シュバルツ団長。お会いするのは、……三度目、でしょうか？」

「ははは、どうにも人の名前を覚えるのが苦手でしてね。かたじけない。どうか、お許しを、シスター」

「いえいえ、どうかお気になさらないでください。私たちは神々に仕える皆様にご奉仕するのがお役目。名など覚えて頂く必要などありません」

精悍な顔つきのおじさまは照れ臭そうに頭を下げ、私はそれにシスター然とした笑顔で応えると、ついでとばかりに私は胸の前で指を組み、わざとらしく祈りを捧げて見せた。

恭しく膝を突き、神々への祈りの言葉を唱える。――枢機卿閣下に仕える修道女として相応しいと評されるに値する振る舞いもまた演出だ。

「――どうか、神の御加護があらんことを。あまり無茶はなさらないでくださいね」

「いやはや、面目ない」

年下の娘に気遣われる事への歯がゆさか、なんともまぁ、お可愛いことで。

「それにしても驚きました。噂には聞いておりましたが、これ程とは」

見つめる先は部下たちに取り囲まれている勇者様だった。

すっかり傷が癒え、疲れも取れた男達は口々にアレがどーだの、これがあーだのと先ほどの戦闘訓練を思い返し、勇者様の手腕と立ち回りへ質問を投げかけている。

「半信半疑だったのですよ。上も随分大きく成果を吹聴するものだと。然しながら、手痛くのされてしまいました。アレでまだ成長途中だというのですから実に恐ろしい――。……いや、頼もしい、ですかな？」

「そうですね。私も初めてお会いした時は驚きました」

屈強な騎士達に囲まれれば勇者エルシオンの姿はすっかり埋もれてしまう。

戦士としても、勇者としてもかなり小柄な方だ。常に外套のフードを被って顔を隠しているからあまり気付かれる事は無いが、実際のところ、顔つきはかなり幼い。服装さえ違えば誰も魔王殺しの英雄だとは思わないだろう。

髪を伸ばして誤魔化してはいるが、それもいつまで通用するか……。

「では、良い土産話も出来た所で私たちは出立すると致します。お世話になったと枢機卿殿にお伝えください」

「承りました。どうか、お気を付けて」

部下たちに号令をかけ、本来の任務へと赴く彼等を私は祈りで以て見送った。

ただ、その足取りは少しぎこちなく、若干の疲れを感じる。間違いなくシオンに弄ばれたのが原因だった。少しでも明るい話題を求めての手合わせだったのだろうが、出立前に何をしているんだろうと思わなくもない。

……任務に支障が出なければ良いのですが……。

魔王が討たれ、魔王軍残党は傭兵達によって狩り殺されていっているとはいえ未だ治安の不安定な場所は多い。

それに加え、前回の〝元魔王軍幹部の襲撃〟により七大枢機卿の内三名が殺されたこともあり、教会内はいままでとは違った意味で慌ただしくなっていた。

新たな枢機卿が三名選出されるまでの、空白期間。その間に少しでも自分の影響力を広げようとする残りの枢機卿たちによる勢力争いだとかなんとか。

「ま、私には関係ないのですけど」

私の管轄は〝異端審問〟。神々の教えに異を唱え、歯向かう愚か者共の下へと派遣され、その首を刎ね飛ばすだけの簡単なお仕事だ。

魔族連中の相手は聖騎士様達に任せておけばいい。

餅は餅屋。花嫁は花屋だ。

それを白狼将軍の一件で痛感した。

あんな奴らの相手など二度としたくはない。私は大人しく、聖堂の内側で祈りを捧げ、必要と在れば少し外へ出かけるぐらいがちょうどいい。

「あのさ、アリシア。ちょっと、良い……？」

「なんですか？」

振り返れば話題の勇者様。

小柄で野蛮な英雄殿が恐る恐ると言った体でこちらを見ていた。

「傷は、……平気？　午前中は検診だって聞いたけど……」

「ええ、綺麗さっぱり。もう傷跡一つ残っておりませんよ？」

「良かったぁー……、思ったより長引いているみたいだから心配で心配で……」

心配だった割に随分と楽しそうに騎士様たちを弄んでいたように見えたのですが、それは気のせいなのでしょうか？

とか、絶対に口に出してはいけない。顔にも。

「勇者エルシオン様、ご迷惑をおかけして申し訳ございませんでした。アリシア・スノーウェル。本日より職務に復帰しましたので勇者様には変わらぬご寵愛を賜りたく、」「わわわっ、止めてよもうっ！　誰もいないんだしシオンでいいよ。いつもみたく」「冗談ですよ。シオン。これからも傍仕えさせて頂きますので、どうか、よろしくお願い致します」「えへへ、こちらこそ」とまぁ、他愛のない会話を繰り広げながら実の所私の胸の内はどうにも冷え切ったものだった。

——勇者エルシオン。魔王を殺した英雄と周囲は崇め讃えられてはいるが、一皮むけば甘え盛りの、町娘とそう違わない。

その事を隠さなければいけないのにこの子と来たら……。

「ていうか、もし組み伏せられでもしたらバレてましたよ、きっと」「……へ？」

そのようなヘマはしないだろうが、もし、仮に、なんらかの事故でそうなってしまった場合、革の胸当ての下に押し隠している物の言い訳をどうするつもりなのだろう。

まだそこまで大きくはないので、どうとでもなるのかも知れないが。

「心臓に悪いので運動不足だったからと言って、あのような真似はお控えください」と少し大げさに叱ってみる。

すると「んぅー……」などと頬を膨らませて拗ねるシオンさん。

……可愛いけど許しませんよ？

「次会った時は、もっとがっつりやろうって約束したんだけど」「ダメです」「聖騎士達の育成は教会の利益になるんじゃ……？」「いいえ。女だとバレた時の不利益の方が上回ります」「ぶーぶーっ……」「子供じゃないんですから不貞腐れないでください……」

女は勇者にはなれない。

聖職者としても、唯一の例外を除いて修道女、もしくは神々の花嫁としての役目しか与えられはしない。だから、女である事を隠し、勇者の肩書を賜ったなどと知られれば大事だし、その理由が〝教会から支給される報奨金目当て〟ともなれば極刑は免れない。

それは神々を欺き、神々を利用したという事なのだから。

そして、それを知って隠していた私も厳罰に処される。

神々の言葉を騙る貴方達ですら見抜けなかった癖に、とか言い訳する余地もなく。

例えその嘘が恵まれぬ子供達の為についたものだとしても、責任の落とし所は必要だ。

「はぁ……」

詰まるところ、どうにも、生き辛いのだ。神様のお作りになったこの世界は。

余計な計らい事や願望は身を亡ぼすだけ。

ただ流され、溺れぬよう、身の振り方に気を付けなくてはならない。

「……じゃあさ、アリシア。一つお願いがあるんだけど良いかな？」と、そんな私の心中を気にする素振りもなく、シオンは笑顔を浮かべていた。

はいはい、いつものことですよーっと。「私に出来る事でしたらなんなりとー」と、安請け合いした私は実に間抜けというか、考えなしだった。

「僕と、手合わせしてくれないかな!?」

「…………………はい？」

嬉しそうに素手で構えるシオンを前に私は聞き間違いかと思って首を傾げたが、彼女はめちゃくちゃ本気だった。

「あの狼人との戦闘みて思ったんだよね!! 絶対、アリシア近接戦の才能あるし、一度戦ってみたいって……!!」「……あのですね、シオン。周囲の目もありますし、私は神々の花嫁。そのような野蛮な真似事は、」「やらないって事はないでしょ？ この前、枢機卿さんの頭蹴り飛ばしてるの見かけたし、実は格闘技も習得済みでしょ!?」

あっれー……？ おっかしーですねぇ……？ 一応上司の頭を蹴り飛ばす時は周囲に人がいないのを確認している筈なんですけど……。

「……シオン、もしかして私の後をこっそりつけていたりしますか？」

「ぎくっ!!」

じゃないですよこの子。

仮にも表の顔である花嫁――、……シスターとしての業務を見られるのは全然構いませんが、裏の、異端審問官や執行官としての業務に関する話をしている所を見られたら最後、誤魔化すのが非常に面倒だ。

「後を、付けていたのですね？」

「そ、その事はおいといて……」

「二度としないと誓うのなら構いませんが」

これまで以上にシオンの気配に気を配れば良いだけだ。……面倒だけど。

「それで、駄目かなぁ……？　僕は固有技能とか使わないし、ちゃんと手加減もするから、復帰後のリハビリ……？　みたいなものだと思って、…………ねっ……？」

「………………はぁ」

そう長い付き合いでもないが、言い出したら聞かないのはなんとなく分かるようになっていた。それでも強く言えば退いてはくれるだろうが、これは新しい玩具を前にした子供と同じなのだ。

――つまるところ、ちゃんと満足させておかなければ、永遠ともぞもぞさせる事になり。彼女の相手をするまでは何度も同じ誘いを受けるハメになる、と。

「病み上がりですから、軽く、で、お願いしますよ」

「うん!!」

随分とまぁ、嬉しそうに……。

「アリシアは祈祷術、使って良いからねっ！　なんなら固有技能とかさ、なんでも！」「あー、はいはい」とはいっても本気で相手をする訳にもいきませんし、下手に手の内を見せていざという時に不利になるのも避けたい。

なにより私は〝か弱い花嫁〟で通っているのだから、彼の勇者様と同格に渡り合えるような技量を持ち合わせていては不信の種だ。

「どうか、神々のお力添えのあらんことをー」

わくわくっとでも顔に書いてありそうなシオンを前に祈りを捧げ、祈祷術・能力向上を発動。ふんわりと身体に光を纏う様は聖騎士相手でも見ているだろうし、この術式だけなら使える神官も多い。

「行くよ！」「あー、はい」

普段なら他にもいろいろと重ね掛けるのだが、取り敢えずはこれだけでいいや。

半ば投げやりな気持ちで間合いを詰めて来る勇者様に対応。

しゅば、しゅばしゅば、と繰り出される手刀をいなし、利き腕側の死角へと滑り込ませて足を払った。シオンの態勢を崩してやったけど彼女はそのまま手を地面について足でぱんぱんぱんっ、あー、なんでしたっけ、この技。曲芸みたいな——とか思いながら弾いて躱して、少し勢いが弱まった瞬間に足首を掴んで振り抜こうとしたのだけど、タイミング良く身体を捻ったシオンに巻き込まれるようにして私も倒れる。

「っ……」

……普通に、痛い。

流石に適当にあしらい過ぎたかと反省。少し真面目に頭を切り替え、跳ね起きると同時に飛び起きて来たシオンを蹴り飛ばした。

「――っ……！」

――お、良い感じに入った？

病み上がりにしては身体の調子が良いらしい。

きびきびと動く四肢の調子を確かめるように追撃し、「あ、」……調子に乗った。

柄にもなく正拳突きと言うのだろうか、拳をまっすぐに突き出した所をシオンに潜り込まれた。ふっ、とシオンが笑う。――懐から拳が伸びてくる。

何の遠慮もなく、まっすぐ下顎を狙ったそれを喰らうと結構痛そうだったので、思わず、

「【身体強化】ッ……！」――咄嗟に固有技能まで発動させてしまった。

祈祷術との重ね掛けにより、人間の速度を超えた私は、後出しで突き上げを置き去りにする。身体を逸らし、躱し、圧縮された時間の中で狙いを定める。

シオンには悪いがこのまま蹴り飛ばしてしまおうと落とした腰のままに、回し蹴りを打ち込んだのだが――、「……あら？」そこにシオンの姿はなかった。

「チェックメイトっ……！」

何故か背後から首筋に指先が触れる感覚。

インパクトの瞬間に標的がいなくなって固まっていた私は、その勝ち誇るような声に大人しく足を下ろして振り返った。

「……固有技能（アナタ）は、使わないハズでは？」

「あー……、つい？」

「………………」

まぁ、良いですけどね。別に。

「……」

「………アリシア？」

「いえ」

申し訳なさそうに窺（うかが）う視線に、……根負けした。手を借りて立ち上がると服に付いた泥（どろ）やらを払（はら）う。拗ねるだなんて子供っぽいですしね？　それよりも、祈祷術と固有技能（スキル）を併（へい）用（よう）した時、どうにも普段よりもよく身体が動いたような気がする。病み上がりだからそう感じただけかも知れないけど。「ふむ……？」良く分からない。身体に異常は感じられないし、やっぱり気のせいか。そんな風に頭を捻っていると、なんだか凄（すご）くすごーく熱っぽい視線が向けられている事に気が付いた。

「なんですか」

考えを断（た）ち切り、向き直る。

振り返るとシオンは悪そうな顔でニヤニヤしていた。

「いやぁ、僕の目に狂（くる）いはなかったって事だよねっ？　やっぱりアリシア、才能あるよ。あの騎士さん達より全然楽しかったもん！」

「彼らは集団戦に特化した部隊ですし、私（わたくし）は――、」

「あーっ、はいはいっ、アリシアは神様の花嫁で、荒事（あらごと）は専門外。こういうのも護身術の一環（いっかん）として身に付けているだけっ。大丈夫大丈夫（だいじょうぶだいじょうぶ）っ、誰にも言わないってっ！」

「……本当に？　約束出来ますか？」

「え……？　あー……、うんっ？」

あ、駄目だ。この顔は信用ならない。

「誰かに言ったら絶交ですからね」

「えええ!?」

シオンは気軽に考えているようだが、それくらい花嫁の世間体と言う物は大切なのだ。

決して人前では枢機卿（クソ上司）の頭を蹴らないし、踏んだりもしない。

「分かったよ……。二人の内緒（ないしょ）だね……？　……でも内緒で、……また、しよ……？」

いや、そんな、嬉（うれ）し恥（は）ずかし照れ隠しみたいな感じで言われましても……。

そんな私達のじゃれ合いが一段落ついたのを感じたのかアタランテ（愛猫）がのろのろとすり寄って来たので私は抱（だ）き抱（かか）えてやった。

「……シオンって、ちょっとズルいですよね」

「え、何が……？」

「自覚が無いのが一層質が悪いのですが」

それが才能と噛み合っているからこそ、魔王を討つに至ったのだろう。

「全くもう……」「えー……？　えへへ……」「褒めてません……」

最後の一瞬、完全に捉えていたはずのこの子の身体は、いつの間にか消えていた。

すり抜けた――……、もしくは〝捉まえた〟と錯覚させられていたか。

実際がどうであったのかは分からないが、一対一の対人戦に特化した彼女の戦闘技術は相当なものだ。

元々、人間と比べては遥かに優れる身体能力を有する〝魔族〟を単身で狩り続けている時点でその異常さは際立ってはいた。

しかし、先日の〝白狼将軍〟との殺し合いを目の当たりにし、この〝殺しの技術〟は人類にとって必要なものだと身をもって実感した。

いまであれば、枢機卿陛下が勇者を懐柔しろと言った気持ちも分からなくもない。

まぁ……、それを快く思わない人物も居たりするのですが。

「……ま、いない人の事を言っても始まりませんしね……」

もふっとアタランテの頭に顔を埋めて生気を回復ー。

こればっかしは神様に祈った所で満たされない成分があるのです。

「はぁーっ……」「ねー、ありしあー」と、そんな私を見て何やら不満げなシオンさん。

何を主張してきているかは聞くまでもなく分かっている。

「ダメです。シオンはそれ以上近づかないでください。アタランテが怯えます」

「でもぉー……」

唇を尖らせるけど駄目なものは駄目なのです。

野生の勘が働くのか、どうにもシオンには懐かなかったのだから仕方がない。

猫は神様以上に気紛れって言いますし。既に何度か挑戦した後だ。これ以上アタランテにストレスを与えるのは私が許しません。

「それに、勇者様の身体に猫のひっかき傷でも付きようものなら、異端審問送りですよ？彼の英雄は神々に見捨てられたのではないかって」

「それは困る……」

以前までなら、何人たりとシオンを傷つける事は敵わなかった。それが神々の寵愛と呼ばれ、シオンが〝歴代の勇者達〟とは一線を画す存在として扱われる要因だ。

しかし、先月の一件でその加護も消えてしまった。

どうしてもアタランテを抱きたいというので無理やり抱かせてみた結果、顔を縦に引っ掻(か)かれて傷を負い、慌てて私が治したのだから間違いない。

教会上層部は〝勇者の寵愛を受けることが出来れば加護を無効化できる〟とか馬鹿げた前提を信じているようだが、いまとなっては誰にでもこの子を殺すことが出来るだろう。

人一倍勘の鋭(するど)いこの子にそれを勘づかれなければ——、という前提はつくのだけど。

「アリシアぁー」「誰が見ているか分からないんですから、そうベタベタとくっつかないでください」「だけどぉー……」「…………はー」

なんというか、最近のシオンは少々気を許し過ぎている。

任務を遂行(すいこう)する上で気兼(きが)ねなく接してもらえるまで距離(きょり)を詰めようとしたのは私の方だけれど、こうも甘えられるとそれはそれで困る。

「初対面の時はまるで無関心と言った風体(ふうてい)でしたのに」

「むー……」

私は〝神々の〟花嫁で、〝勇者の〟花嫁、ではない。

一部の神託者共はそうしたがっているようなのだが、知ったこっちゃない。

私が教会に従うのは私の利益になるからであって、奴らの私利私欲を満たす為、私利私欲に膨らんだ神父共の腹を育てる為ではない。

「前線に戻らなくて良いんですか？　孤児院への仕送りもあるでしょうに」

「あー……。……実は、あの白狼の討伐で賞金も出たからさ、少し休みたくてさ。もしかして迷惑だった……？」

「いえ、南部にいて下さるのは有難いのですが、……独占して良いものかと」

「アリシアを放ってはおけないよ。それに、枢機卿殺しが単独犯とは限らないからね！」

「……そうですね」

白狼将軍の一件以降、シオンは異常に私の身を案じるようになっていた。

それこそ「今度何かあったら僕がアリシアを守るから！」と真顔で言ってくるほどに。

ただ、そうなる原因の一端を、――こうなる事になった事件の秘密を、私が隠している事を知ったら、この子は恨むだろうか……？

いや、多分、そうなってもまだ、この勇者様は私の事を信じようとするのだろう。

それほどまでに私はこの子の、ぽっかりと空いた〝大切なモノの席〟に身を滑り込ませてしまっていた。私の意思とは関係のない、神々のお導きによって。

その事が少しだけ後ろめたい。

仕事なのだから、と割り切れるのであれば、どれほど、楽だったろう――。

「あー、ちょっとちょっと、シスター・アリシアー？　ちょっといいかなー？」

ふと、何処からともなく私を呼ぶ声に見上げれば三階の執務室から上司の枢機卿閣下がこちらに向かって手を振っていた。緊張感の欠片も無い、馬鹿丸出しの顔で。

「あー……」

一瞬シオンと目を合わせ、勇者様を連れて行くべきか悩んだのだけど、勇者にではなく私に声をかけたという事はそういう事なのだろうと解釈してアタランテを庭に降ろした。

「すみません。少し行って来ます。その間、この子の様子を見ていて頂けますか？　敷地の外に逃げ出そうとした場合は実力行使でも構いませんので」

言いつつ、アタランテの頭を撫でる。

シオンはこの子とも仲良くはしたいようなので付いて来るとは言い出さないだろう。

「でも……、怖がらない？　平気……？」

変な所で肝が小さい……。

「平気ですよ。距離感を間違わなければ」

「わ、分かった……！」

わきゅっ、と猫の手のポーズにしては力の入った構えを見せるシオンに私もアタランテも思わず身構えた。

……頼みましたよ、アタランテ。

「マジ？　此奴、マジ？？？？」みたいな顔で私を見上げるアタランテがなんとも不憫ではあったが、盗み聞きされる危険性と愛猫の健康を天秤にかけて、ほんの少し――、本当にほんの少しだけ、仕事の方へ針が傾いた。

「何かあったら私が治してあげますから」

「にゃッ!?」と目を丸くするアタランテの頭を軽く撫でてからその場を離れ、私は修道女ではなく異端審問官としての職務へと戻った。

　後ろからアタランテの悲鳴が聞こえたような気もするが、心を鬼にし、頭を切り替えていった。

――ここから先は、神様にも内緒のお話だ。

「聡明な君だ。細かい話は報告書を読んでもらえれば分かると思うから手短に伝えるけど、今月だけで既に三人、遡れば既に十六人の教会関係者が何者かによって惨殺されている。その内に白狼将軍の一件が絡んでいるものがないとは言えないが、これは明らかな異常事態だ。故に、君には聖女様の護衛について貰おうと思う」

「……あの、なんですって？」

　教皇に次ぐ教会内での最大権力を有する七大枢機卿が一席に身を置く私のクソ上司こと、サラマンリウス枢機卿は私を呼び出した自身の執務室で珍しく大真面目に眼鏡を光らせ、報告書の束を慎重な手つきで差し出して来た。

　何を考えているのか分からないのはいつもの事だが、単刀直入に仕事の話とは、随分と奇妙な事もあるものだ。黙って書類に目を落とす。

「……私が出ても平気ですか？　どうして、ご自分の身が安全だと？」

「超法規的取引と言うものさ。教皇猊下は巡礼の旅で聖都を留守にしておいででね、多くの聖騎士達は出払ってしまっていて彼の聖女様をお守りする人員が足りていない。君を派遣する代わりに僕は空席となった七大枢機卿の末席に誰を座らせるかの指名権を得ることが出来る。利益がリスクを上回っている」

　なるほど。その異常事態とやらも腐った教会上層部にすれば勢力争いに利用しない手はないという事ですか。

「一応確認しておきますけど、一連の事件が貴方の企みで動いている、という可能性はないんですよね？」

「ああ、今回の一件に関して僕は完全に無関係だ」

　真面目一辺倒の受け答えに全くもって面白くないとため息を吐く。

クソ眼鏡はクソ眼鏡らしくお茶らけてくれていればこそ、私は遠慮なく蹴り飛ばす事も出来るというのに。

「どうしてこうも面倒事ばかり……」

報告書にざっと目を通すが被害者の死因と日時、階級やその生まれ、身を置いている教会の場所などが事細かに記されているだけで、それらに共通性はない。なんなら所属する派閥ですらバラバラだった。

手あたり次第に、各地、その場所場所で気に食わなかった相手を殺して回っていると言われてもおかしくはない程に。

「申し訳ないが、本当に犯人の目的も、目星も分かっていないいんだ。ただ幸運な事に今のところ、教皇猊下が治め、聖女様が身を置いている聖都では被害が出てはいない……。他にも何か所か無傷の地点はあるが、『もし狙われる事になったら』と考えた場合、まずそこを固めるのが筋だからね」

とにもかくにも手を打たねば最悪の被害が生まれるやも知れぬ――、か。

「正式な要請は『勇者エルシオンによる聖女様の護衛』だ。君はその橋渡し、仲介と監視役として派遣される事になっている」

「本当にそれだけで済むのなら楽な仕事なんですけど……」

どうせ聖女の護衛はシオンに任せ、私は人知れず犯人の正体を探れとか、迎撃しろとか、そういう命令だろう。

「その犯人、私の知らない見当違いな所で勝手に死んでくれませんかねー」

食あたりとかすれ違いざまに馬に蹴り飛ばされるとかで。

「心配しなくとも大丈夫。君ならばどんな困難が訪れようと乗り越えられるだろうさ」

「眼鏡割りますよ？　困難に直面したくはないのです」

いつに増して気色悪いクソ眼鏡を本気で睨む。再びの長期不在となるとアタランテの世話をまたこの上司に任せなきゃならないのかと思うと不憫でならなかった。

……かといって旅先に連れて行くのも危険ですしねぇ……？

病床に伏していた間は思う存分愛でる事が出来たが、離れるとなると心底名残惜しい。

「なんだか明後日を向いた思考を巡らせているようだけど……」とクソ眼鏡は椅子に腰かけると肘をついて指を組み合わせ、口元を隠してじっとこちらを見つめる。

そのポーズ、なんかムカつく。

「なんですか。まだ何かあるのでしたら手短に。ご自分でそう仰ったでしょうに」

「そうだね。隠し事は良くない。ついていい嘘は人を幸せにする嘘だけさ」

「何かの本で読みました？」

「聖都での出会いは君を驚かせる事になるだろうが、心して任務に当たってくれたまえ」

「図星ですか」

「…………」

なんか言え。

「出会いに驚く事なんて毎回の事でしょうに、人と人との出会いは驚きの連続。人は他人と出会う度に驚きに満ちた新世界へと飛び立つのですから」

——ベッドの上で読んだ本より引用。

「病み上がりで調子が悪いのかもしれないけどさ……。……なんか君、以前よりふてぶてしくなってない……？」

「なってませんよ。身の振り方を少し考えはしましたが」

少なくともまだ眼鏡を蹴り飛ばしていないのだから淑女らしい振る舞いでしょうに。

「うん……、まぁ、そだね……」

目に見えて落ち込むクソ眼鏡。何を期待してるんだこのクソ神父は。

「とにもかくにも、シスター・アリシア。君には聖女様の護衛と犯人の調査を命ずる。場合によってはその場で対処という事になるかもしれないけど、出来る限り生け捕りにしてね。その人物の後ろに組織とかあるかも知れないからさ、……分かるよね？」

「分かりますよ。馬鹿にしてます？」

「え、なんかこわ――」

流石にムカついたので左足を踏み込んで右足を蹴り上げ、横薙ぎに蹴り払って眼鏡を弾き飛ばした。

「わー……――、」爪先で蹴り飛ばされた眼鏡は書棚にぶち当たり、ぎゅるぎゅるとその場で回転してから落ちる。

――ちっ……。

「……御覧の通り、身体の調子は戻って来ておりますのでご安心を」

「あー、うん……。あと、聖女様周りの調整もお願いね……？　不和が囁かれてるから」

「それって、私の仕事ですか？」

「違うけど、ほらっこの通りっ。お願いっ？」

うっざ。

……ちなみに、割と全力で蹴ったわりにレンズは健在だった。死ね。

「では」

これ以上の話は不要だろう。私は踵を返す。しかし、部屋を出て行こうとした私に、「あー、それと、」クソ眼鏡はわざとらしく付け加えた。

「君は自分の仕事ではないと嫌うだろうが、どうか、悩み多き聖女様を導いて差し上げなさい。シスター・アリシア？」

「私が？　導かれるの間違いでしょうに」

「いいや、君が導くのさ。稀代の、聖女様をね？」

何を企んでいるのかは知らないが、私に拒否権はない。

結局は勇者殺しの一件と同じだ。

頷く以外の選択肢を許されてはいないのだから。

「……分かりましたよ。クソ神父。せいぜい聖女様と仲良くしてきますとも」

「よろしくね」

そうして中庭へと戻るとシオンに見つめられ続けて若干怯えたらしいアタランテを回収し、事情を説明した。そのまま、その日のうちに旅の備えを済ませると、翌朝、乗り合いの馬車に揺られて、いまだ戦いの傷跡が多く残る大理石の街・クラストリーチを出立。

これから引き起こされるであろう神々の作劇に辟易しながらも、教会内で最大権力を有する教皇の治める地〝聖都・エルディアス〟へと、

――我らが聖女様の下へと、向かったのであーる。

聖都・エルディアスは信仰によって形作られている街と呼ばれている。

大陸西南部に位置し、教皇の治める土地として国王より認められた地だ。

王都からはそう離れてはおらず、早馬を使えばその日の内には移動できる距離にある。

ただ、その街並みや性質は大きく異なり、王都・グレイスフォートが海を背に建てられた王宮へと道が続く形で街並みが築かれているのとは対照的に、ここは大聖堂を中心に都市機能が広がっている。

貴族や国王に忠誠を誓う人々で構成される王都とは違い、この街の住民は神々に絶対の信頼を寄せ、信仰を互いの絆としていた。

朝と夕方、礼拝の時間帯には街中に鳴り響く鐘の音と共に街全体が静まり返り、誰もがその手を止め、祈りを捧げる。

その日一日を無事過ごせたことへの感謝と、暗闇に閉ざされても尚、使徒を星として遣わしてくれる神々への感謝を込めて。

「この地で罪を働く事、即ちそれは神への冒涜とみなされます。それ故に、ここは世界で一番平和な街だとも言われているんです」

争いごととは程遠く、治安も良い。

この地に勇者が派遣されること自体が事の異常さを表しているともいえる。

「シオンの顔はそれほど周知されていないとはいえ、王都での凱旋パレードに足を運んだ住民も少なくはないでしょうから、目立つような真似はしないでくださいね」「わー」「……聞いてます？」「え、あ、うんっ。平気平気っ、慣れてるから！」そう言って馬車から降りるなり、白を基調とした街並みに見惚れるシオン。

クラストリーチとはまた違った意味で美しい街並みではあるからその気持ちは分からなくもないのだけど、「来るのは、初めてですか」

シオンの目は警戒と言うよりも好奇心によってせわしなく動き回っていた。

「まぁね。師匠と僕は基本前線暮らしだったから、アリシアにとっては勝手知ったる庭って感じ？」

「枢機卿の遣いで来る程度ですよ。そこまで詳しい訳ではありません」

「そっかー。綺麗な街だねー」

コトの重要性、いま教会が置かれている状況はしっかり説明したつもりなのだけど分かってるのかしら、この子……。

そんな私の心配に気が付いたのかシオンは突如真顔になり、私の手を取った。

「心配しなくても大丈夫だよ！　アリシアは僕が守るからさっ」

「そうじゃないんですけど……」

　まぁ……、良いか。別に。いますぐ何がどうなるという話でも無いでしょうし、まずは噂の聖女様にお会いして街の中で不審な人物の情報が無かったかとかそういう――……、

「……あれ？」「アリシア！　こっちこっち！」と一瞬のうちにシオンは傍らから姿を消し、少し離れた場所に店を開いている露天商の所にいた。

――危機感ッ！　本当にこの子はッ……――。

　感情を顔に出さぬよう気を付けながら小走りに駆け寄るとシオンは小さなナイフを受け取り、光にかざして嬉しそうに顔を綻ばせていた。

「……何を、しているのですか」

「いやー、色んな商品があるなって気になっちゃってさ。これ、綺麗だけど、なんか文字が刻まれてるの、凄くないっ？」

「神々への讃美歌ですよ。実用品ではございません」

「儀礼用って事？」

「ええ、ここの街の商品は全部そうなんです。神々への感謝を捧げる為に用いられる物ばかりですのでシオンには不似合いかと」

言ってシオンからナイフを受け取ると、神々の花嫁らしく丁重な所作で店主へと返した。

軽く祈りを捧げ、礼を伝える事も忘れない。

「行きましょう。聖女様がお待ちです」

「ええーっ⁉　もうちょっとゆっくり見て行こうよ、アリシアー！」

全くもう。子供なんだから。

そんな風に感じてしまう自分がどうにも面映ゆい。

確かに守る守られるという話なら、守られる側は私の方なのだろう。

しかし、無邪気なシオンを見ているとの世話の掛かる妹が出来たような、孤児院に居た頃を思い出してなんだか落ち着かなくなるのだ。

……らしくないですねー。

孤児院を出て既に八年ほどが経とうとしている。ここに至るまでに、数多くの〝異端者〟を教会の命令で処分し、執行官として手に掛けて来た。なのに、今更、修道女の真似事をしているだなんて……。……死んでいった者共はさぞ憎らし気に罵るだろう。

――よくもまぁ、人並みの幸せを得ようとしているな、などと。

その事について後ろめたさを感じるつもりはないのだが、そう思う事で黒く、鈍いものが胸の内に落ち込んでいくのも確かだった。

まうのだが。

職業柄、気にすべき物事ではないので思考の外へと押しやり、感じなかった事にしてし

「さて――……、」それにしても、と、私も街に目を巡らせた。

シオンではないが全ての装飾、街全体が信仰を高めるが為にデザインされた光景は統一感があり、そのペテンを知っていたとしても美しく思える。ある意味では狂信的とでも言いかえる事も出来るだろうが、少なくとも、この街の作り自体に害意は存在しない。

全ては神々の力を高め、威光を示す為の物だ。そこに悪意はなく、それ故に純然たる〝神々への信奉〟によって組み上げられているとも言えよう。

――だからこそ、そこに紛れ込んだ〝異物〟は街全体の調和を乱していた。

「……分かりますか、シオン」

「……え？」

どうやら完全にお上りさん状態のシオンは気付いていないようだったが、街に着いた時から誰かに見られているような気がしてどうにも落ち着かなかった。

街行く人々の視線。住民たちからの探るような気配――。

私達を追っているというよりも街全体が敏感になっているかのような……？

「……まぁ、あんなことがあったので当然と言えば当然なのですが……」

教会内の連続暗殺事件とは違い、七大枢機卿の暗殺や元魔王軍幹部の襲撃を隠すようなことは出来ず、既に魔王討伐の熱は冷め、いまや王国内では残る元魔族軍への恐怖と不安が日々膨らみつつあった。

だからこそ全ての教会を統べ、王国全土に影響力を有する教皇猊下が巡礼の旅に出る事になったのだ。多勢の聖騎士達を伴って。戦争は、もう、終わったのだと今一度、人々に思い出して貰う為に。

「この街の騎士さんたちは殆ど出払っちゃってるんだっけ？」

「ええ。治安維持の為の、……最低限必要な数しか残っていないと伺っております」

普段なら当たり前のように見かけるであろう巡回中の聖騎士達の姿はなく、街の入り口の詰所で数人見たのが最後だった。だからといって、この街の犯罪が増えると言う訳でも無いのだが、日常の変化と言うものは敏感に感じとれるものなのだろう。

……とか思っていたら、目的地であるポンティフェクス大聖堂へ向かう大通りの先で人混みに囲まれ、慌てふためく聖騎士様の姿を見つけた。

しかも三人。金色の装飾に彩られた陶器を思わせる白金の鎧に身を包み、ご丁寧に外では儀礼の場でしか着用しないであろう真紅のマントまで装備している、教会本部所属の、エリート騎士様達だ。

普段と違う点と言えば彼らが群衆から非難の的とされている点だろうか。

「あれは……？」

「罪人の、護送のようですね」

ボロ布と呼んでも差し支え無さそうな外套を頭から被せられ、手足を鎖で繋がれている姿が六人。

本来ならば荷馬車にでも乗せて運び入れる筈なのだが、警備の関係なのだろうか。

街の入り口から歩いて大聖堂へと向かっている最中らしい。

そこで飛び交う言葉は聞くに堪えない。

騒ぎは通りを塞いでいるので小道にそれ、要らぬトラブルを回避しようと思ってシオンの腕を引く。私達の仕事は彼らの手伝いではない——。だが、その直後、何処からともなく投げ込まれた石が虜囚の一人の頭に当たり、その人影が頽れて頭を覆っていたフードが外れた。

顔を覗かせたのは十にも満たないであろう幼い少女と、頭の上に生えた犬の耳だ。

そして、額から流れる血を茫然と拭った手は〝獣のそれ〟だった。

「汚らわしいっ……」「どうして、このような者共を聖女様は……」

一瞬の静寂の後、囁き声と共に罵倒は酷くなる。

神々への冒涜だの穢れた血だの、その言葉は少女のみならず、他の子供達に向けられたものだった。どうやら鎖で繋がれている全員がそう言った〝獣の特徴〟を身体の何処かしらに有しているらしい。

「……悪魔憑き、ですか」

見るのは初めてだ。

私の担当ではないから知識でしか伝え聞いてはいないが、呪われて生まれて来ただとか、前世が魔族だったとかで生まれながらにそう言った特徴を有している子供達だ。

神々の名の下にそれらは穢れた存在とされており、我が子がそうであると発覚した場合、教会への報告が義務付けられている。

大人になる頃にはその殆どが殺されるか、国外へ逃げるかを迫られる忌み子だ。

「可哀そうですが、私達にどうにか出来るような事では――……、て、……あッ！」

しまったッ、と二の足を踏んだことを自覚した時にはシオンは悪魔憑きの子の隣に膝をつき、その頬に手を触れて傷口を見つめていた。

「大丈夫……？　痛いよね、ごめんね……？」

まるで自分がしでかしてしまった事のように腰の小物入れから布を取り出すと血を拭い、苦々し気に顔を歪める。

突如、非難の対象に駆け寄った乱入者に対する反応は様々だ。

困惑、動揺、怒り――。

「お前らみたいなのがッ……、人狼どもを呼び込むんだ!!」

そんな後ろ姿に群衆の中の一人が叫んだ。

腕を包帯でくるみ、額に痛々しい傷跡の残るその男性は聖騎士達に阻まれてはいたが、それで言葉が止まる訳ではない。

その罵声の内容から察するに、どうやら先月の白狼将軍襲撃の一件で家を失ったらしい。

あんなことが起きなければ俺はとかなんとか、たられば の話が続いてその怒りは収まる所を知らない。

「ごめんなさい……」

いまにも掻き消されてしまいそうな言葉が地へと落ちる。

「ごめんなさい、ごめんなさい、ごめんなさい……」

虚ろな瞳で零れ落ちる血を気に留める事無く、シオンの事も見えてはいない。

ただ口元を動かして、何度も何度も何度も。悔しそうに涙を滲ませながら。謝罪を繰り返す小さな姿が〝被害者達の神経〟を逆撫でしたのだろう。

「謝って済む話じゃねえだろ!」

野次が飛ぶ。何処からともなく「――殺せ」と処分を求める声が滲み出る。

「殺せ、殺せ、殺せ！」

初めは一人二人が自らの鬱積を晴らす為の願いだったものが、いまとなっては街全体を震わせるような叫びに変わっている。

「裏切り者に死を」

「穢れた存在に神の裁きを」

口々に信仰を体現させ、人々は子供らの死を望む。

シオンの顔が怒りに震えていた。しかし、まだ自制は利いているようだった。いまにも泣き出しそうな顔で私に視線を投げ掛け、実力行使の許しを求めてくる。

――駄目です。と私は首を横に振った。

確かにシオンがこの場で勇者であることを盾に悪魔憑きの子らの保護を申し出ればそれは聞き遂げられるだろうが、それは勇者の名に汚点を刻む事になる。

神々の寵愛をその身に受けし魔王殺しの勇者が、悪魔憑きの子らを守ったと為れば狂信的な信者にとってそれは懐疑の種であり、勇者暗殺を唱える教会上層部にとっては後々、異端審問会召集への良き口実となり得る。

駄目なんです。シオン――。

私達には出来る事と出来ない事がある。

私が神々の意思に背くことが難しい様に、貴方も——、と、自分の腰に吊り下げた経典へと視線を下ろした矢先、「あっ」と群衆の誰かが叫んだ。

小さな人影が、聖騎士達の間を抜けて、虜囚の一人に向かっていく。

その手には鋭く光を反射させる小さなナイフが——、「シオン！」「——ッ……、」私が叫ぶよりも早くシオンは跳び出しており、少年の腕を掴み取っていた。

その手から、ナイフがこぼれ落ち、地面に落ちて鈍い音を立てる。

「離せッ!!　離せよッ……！　俺はッ……俺はァ……！」

それでも、子供は叫び続けた。「悪いのは全部こいつらだ」と、「こんな奴等が生きているから父ちゃんと母ちゃんは——、」と涙を浮かべ、怒りで声を震わせながら。

「…………」

シオンはじっとそんな子供の姿を見つめていた。その気になれば力ずくで黙らせる事も出来るのだろうが、幼き襲撃者を、ただ、静まり返った民衆を、……私を見上げて、哀し気に眉を寄せる。私達に、出来ることはない。しかし、これ以上、騒ぎが大きくなればシオンの正体に気付く者も出てくるだろう。

「私が、やります」

後からクソ眼鏡の方へ苦情が入るかもしれないけど、勇者が民衆と対立するよりかはマシだろう。一人や二人、適当に捻り上げて脅せば熱も冷めるでしょうし、簡単なお仕事ではある――。……ただ、聖都・エルディアスで、教皇のお膝元で神々の花嫁が暴力沙汰だなんて聞こえが悪いとか言うレベルじゃない。最悪だ。

……だけど、勇者が悪者になるぐらいならその泥は私が被るべきなのだ。

「みなさま――、」

私が経典を手に取り、声を発したのとその声が響いたのはほぼ同時だった。

「皆さま、どうか矛をお納めください」

凛、と響く声は私のそれを掻き消し、一瞬で静寂を生み出した。

「皆さま、どうか、……どうか」

歩くたびに杖に付いた鈴の音を響かせ、お付きの修道女に連れ添われて歩く純白の、幾重にも布を折り重ねたような神官服を身に纏った〝花嫁〟。

その歩みが私達の目の前で止まる。

「どうか、心穏やかに」

――黒い布で両目を覆った〝盲目の聖女〟が、私たちの事を見つめていた。

噂の聖女様が現れてからの人々の動きはまるで魔法でも掛けられたかのようだった。

彼女の姿を見るや否や、老人は膝をつき涙を流し、それまで怒りに声を荒らげていた人々も悲しげな表情で祈りを捧げ、首を垂れた。

まるで神々の遣いが降臨でもしたかのような光景に、思わず私達も言葉を失った。

彼女を中心に、世界が塗り替えられていくような錯覚さえ覚えた程だ。

「あなた方が、サラマンリウス枢機卿の遣いですね？」

そう声を掛けられた時、思わず私は膝をついていた。

儀礼上のものでは無く、本能に従ったとしか思えぬ動きで。

「すみません、私がよく見ておかねばならなかったのですが……、このような事に……」

「シスター・テレサ。どうかお顔をお上げください。あなたの責任ではございません」

そうして私たちは街外れの孤児院へと場所を移し、悪魔憑きの子らに襲い掛かった子を押し込めた小部屋を前に、初老のシスターから事情を伺っていた。

ここは聖女の命で教会を改築し作られた施設なのだそうだ。月に何度か、彼女は慰問に訪れているのだとかなんとか。

「普段は私が出向くまで大人しく待っていてくれるのですが……、護衛の騎士様達が不在という事もあり、お迎えに来てくれたのです」

聖女様が私達に情報を補足してくれる。

不測の事態。これまでにこのような事は一度も無かったのだという。

「どうかあの子の事は私に任せ、他の子らの下へ行ってあげてください。シスターの戻りが遅いと、不安に思う子らもおりますでしょうから」

「本当に、何から何まで……ありがとうございます」

聖女の言葉に孤児院を任されているらしい初老のシスターは深々と頭を下げた。

「シスター・ロリア。貴方も」

「しかし――、」

聖女お付きの修道女はチラリと私達の方を見るが「大丈夫です。子供らの事を、どうか」と聖女に促されると、渋々頷き、子供達の下へと向かった。

それを見送る聖女の立ち姿は何の不安も感じさせない、立派なものだ。

ただ、噂以上に不思議な人物だとは思う。その雰囲気もさることながら、何がとは言わないが、主張の激しい身体のラインを覆い隠す様に幾重にも重ね着された純白の神官服は、しかし、どうにも煽情的に映ってならない。

「話に聞いていた聖女像とは、随分違いますか？」

「……いえ、そのような事は……」

ハッキリとした物言いについ言葉を濁してしまったが、心のうちを見透かされているのだと感じるほどには明確な意思。

聖女はクスリと微笑みを浮かべると私とシオンを順にじっ、と見つめ、微笑んだ。

「そう言えば、自己紹介が、まだでしたわね？　――改めまして、ネヴィッサ・ヴェルナリアです。恐れ多くも聖女の名を名乗らせて頂いております」

「アリシア・スノーウェルです。こちらは――、」

「勇者・エルシオン、魔王殺しの英雄様でいらっしゃいますね。お噂はかねがね、お会いできて光栄です」

緩やかに差し出された手にシオンは一瞬戸惑ったようだが、遠慮なく握り返した。

「初めまして、私はエルシオン・クロムウェル。勇者です」

「……勇者様のお手は、思ったより随分と小さいのですね」

「へ、あ、はいっ……！」

――もうっ……、あれほど、「バレますよ」って言ったのに――。

「中の子は、どうしてあそこまで？」

わざとらしく話題を変えて、聖女の意識を扉の向こうへと引っ張った。

ただ、問題を起こした子が心配なのは事実だった。

聖女が声を掛けてからは大人しくはなったものの、悪魔憑きの子らに向ける殺意は子供の抱くそれではなかったのだから。

「目の前で、ご両親を魔族に殺されたのです。旅商人の御一家で、街道沿いに進んでいた所を襲われたそうです。巡回中の騎士団が彼らを見つけ、助け出した時には、既にご両親は手の施しようがない状態だったそうで……」

「なるほど……」

その魔族が人狼だったとかで、連行されていた少女にその姿を重ね見たのだろう。

「悪魔憑きは魔族ではなく私達と同じ人間であると、何度も言って聞かせてはいたのですが……、……難しいものですね」

悲し気な表情を浮かべ、聖女はそのまま手探りで扉の取っ手を掴むと部屋の中へと入って行く。ある程度慣れた敷地内ならば目が見えずとも行動できると聞いたことはあるが、それでも足取りは危うい。

私とシオンは彼女が転ばぬように慌てて後に続き、部屋の中に入るとシオンは聖女の肩に手を置いて止まる様に声を掛けた。小さな書斎の、窓際の席に座らされていた少年が聖女様の顔を見るなり立ち上がり、こちらを睨んでいたからだ。

「ジョアン……？」

「なんでさっ……？　どうして……？　アイツら、悪い奴なんでしょっ……⁉」

　聖女が声を発するや否や、少年は声を荒らげた。ここに来るまでずっと押さえつけていたらしい感情が爆発したのだろう。――しかし、聖女は首を横に振った。

「たとえそうだとしても、決して貴方は復讐に生きてはなりません」

「どうしてさッ……⁉」

　優しく、膝を折ると目の高さを合わせ、少年の肩に手を置いて聖女は言葉を紡ぐ。

「それはね、ジョアン……？　ご両親が貴方をお守りになったのは、きっと貴方が自由に生き、生涯を謳歌する為なのです。復讐の為などではありません……。決して、憎しみに囚われないで……？　貴方のご両親がそんなことをお望みになると思う……？」

　聖女はそっと、少年の頬に触れ、彼の心の在り様を確かめるかのように指先を動かした。恐る恐る、ゆっくりと。それで心の奥底に触れることが出来るかのように。

「それに、貴方が誰かを殺めれば、今度は貴方が誰かに恨まれる事になる。そうして同じ様に誰かが貴方を憎み、命を落とすような事になれば……、私は、悲しいわ……？」

「聖女様が……？」

「ええ、貴方のご両親と同じ様に、私も、貴方には幸せになって貰いたいですもの……。他の皆と同じ様に、ね……？　分かって貰えるかしら……？」

しばらくの、沈黙があった。しかし、布で覆われた目を困ったような顔で見つめていた少年は、何度目かの躊躇の後、「うん、分かった」と頷く。

「分かったのなら、もう平気ね。他の子達の所へとお戻りなさい？」

頷き返し、少年を送り出すと、彼女は机に指先を這わせて立ち上がる。

「お見苦しい所を、お見せ致しましたね」

苦笑し、照れ臭そうに微笑む聖女にシオンは目を丸くし、私は眉をひそめていた。

「いつもこのような事を？」

「無理を言って私が引き取ると言い出した子らです。本来であればその面倒を見るのも私の役目なのですが、なにぶんこの目では……」と困ったように首を傾げ、自分にはこれぐらいの事しか出来ないのだと肩を竦める。

「聖女様のするお仕事ではないでしょうに」

「与えられた役目を果たす事だけが、私たちの役割ではないと思っておりますわ？」

そうですか、と言ってしまえばそれまでの事だ。

私には到底真似できそうにもなかった。

教皇に次ぐ七大枢機卿が教会関係者によって支えられている地位だとすれば、〝聖女〟は神々を信じる者達によって支えられている存在だと言い換えることが出来る。

神々からの神託を受け、神々からの言葉を聞き伝える教皇とは違い、〝人々の願い〟を聞き届け、神々へとお伝えする佳人。つまりは〝みんなのお母さん〟だ。

「勇者様は、お笑いになるでしょうね。綺麗事ばかりで片付く世の中でないと、分かってはいるのです……。……ですが、子供のうちは夢を見せてあげるのも、大人の責務だとは、思いませんか？」

「僕は、別に……」

突然話題を振られたシオンは言い淀むが内心穏やかでないのは見て取れる。

シオンの家族は魔族に殺されている。

あの子と同じ様に魔族によって孤児院へ身を寄せる事になった戦争孤児だ。

「私のこの目は、魔族に奪われたものなのですが、……不思議と恨みはないのですよ。見えなくなってからの方が、見えるようになったものの方が多い気がして……。おかしな事を言っていると、笑われてしまうかしら？」

まるで少女のような笑みに、私は一層警戒心を強めた。

聖女、ネヴィッサ・ヴェルナリアに謁見した者は口を揃えて「彼女の為なら命を捨てることが出来る」と言うらしい。

――金の為にしか働かない、野盗崩れの傭兵達でさえもが。

「そう睨まなくとも、取って喰ったり、などは致しませんよ？　私は皆さまと、お友達になりたいのですから」

笑みと共に差し出された手のひらを、私は見つめる。

「互いにこの世を良き方向へと導く者同士、手を取り合う事はそれほどにまで、難しい事なのでしょうか？」

有無を言わせぬカリスマ性がある訳ではなかった。しかし、その言葉を否定する者に対し、否応なしに罪悪感を抱かせる程の魔性を秘めている――。そんな印象だ。

「……シスター・アリシア？　あなたの目には、私はそうも恐ろしく映っておいで？」

「いえ、私は別に……」

仕事で来ただけですので。

そう答えるつもりだった言葉は、喉に突っかかって上手く出てこない。

「私は……」そこまで言って、しかし、必要以上に荒波を立てる必要もないかと思い直す。どうせ、これも仕事の一環だと割り切り、差し出された手を握り返そうとした瞬間、「――――っ……？」――それは走った。

明確な、何者かによる視線を感じ、釣られるように顔を向ける。

窓の向こう側へ、意識をやった次の瞬間、

「「「　せいじょさまーっ!!!　」」」

ばーっん！　と元気よく、窓枠を壊しかねない勢いで窓を開け放ち、顔どころか上半身を覗かせたのはここの子供達だった。

「すみませんすみませんすみませんっ!!」

聖女のお付きをしていたシスターがその背後で顔を真っ赤にして謝罪し、騒がしく喚きたてる子供らを引き剥がそうと躍起になっている。

「あらあら、まぁ？」と驚いていられたのも束の間「聖女さまーっ！」と今度は廊下側から子供らの襲撃だ。その背後では初老のシスターも叱ってはいるが、全く以て収拾が付いていない。

「ごめんなさい、お話の続きはまたあとで。大聖堂に戻ってからでもよろしいかしら？」

そう言って顔を綻ばせ、子供らにせがまれる聖女様に言葉は不要だった。私は肩をすくめてから「ああ、見えていないのでしたっけ」と思い直し、言葉で返答する。

「人手が足りないようなら、そこの勇者様も遊び相手にお使いください。随分と運動不足だそうなので」「アリシア!?」

目を白黒させるシオンの意見は、しかし、尊重される事は無かった。

「勇者様ー？」「勇者様なの⁉」「え、えぇーっと……⁉」と瞬きの間に子供達に囲まれたままシオンは聖女様と共に外へと連れて行かれ、「アリシアーっ⁉」だなんて随分と情けない声の残響だけが残った。

がらん、と嵐の過ぎ去った小部屋で私は独り、窓の外に目をやる。

窓際まで行って視線を巡らせるけれど、怪しい気配はない。

「気のせい、……だったのでしょうか」

穏やかな、午後の日差しが差し込むばかりだ。

裏庭には木々が植えられ、街中にあるというのに緑で溢れていた。

そこを走り回る子供達の表情に影はない。

孤児であれば少なからず抱くであろう、世界を憎み、壊してしまいたいと願う衝動は微塵も見受けられない。それは、先ほど悪魔憑きの少女を襲おうとした少年にしても同じだ。

――まるでなにも無かったかのように、他の子らと共に、連れ出されたシオンをもみくちゃにし、芝生の上を転がっている。

ケラケラと、呆れるほど子供らしい明るさで。

「……子供のうちには、夢を、ですか」

そんな理念の下、子供達の相手をするネヴィッサ・ヴェルナリアの姿はまさしく〝聖女〟と呼ぶには相応しく、私には到底、真似できそうにない。

……別に、真似しようとは、思いませんけども。

そうして、子供の相手は〝夕時の祈りの鐘〟を合図に皆で祈りを捧げるまで続いた。

夕食はそのまま孤児院で御馳走になる事となり、本来の目的地に到着したのは夜も更け始めた頃合いだった。

「本当に、お世話様でした。色々とお恥ずかしい所もお見せしてしまい、幻滅されていなければ良いのですが……」

聖都・エルディアスの根幹。祈りの集積地、ポンティフェクス大聖堂に設けられた聖女様の自室――、その扉の前で頭を下げて苦笑する聖女様相手にシオンは照れくさそうに手を振り、「そんなことないですよー」だなんて答える。

取り敢えず、聖女様を無事送り届けたのなら今日の私達の仕事はおしまいだ。

なんだか必要以上に疲れた気もするが、これも仕事ならば仕方が無いと独り飲み込む。

正直、今すぐにでもアタランテの所に帰りたい気分だったけれど。

「朝食までにはお迎えに上がりますが、何か気になるような事があればいつでもご連絡ください。すぐに対応できるよう、心掛けてはおきますので」

「あなたは最後まで真面目ね」

幾分か砕けた態度で聖女様は微笑み、「難しいと思うけれど、ちゃんと休んでくださいね？」と言って部屋の中へと入って行く。お付きのシスターに私達の部屋への案内を最後に申し付けて。

「では、参りましょうか」

扉を施錠し、私達に向き直ったシスターは実に無愛想な、見ようによっては不機嫌とも取れる瞳をしていた。

「はーっ……、なんていうか、凄い人だったね。聖女様」

「そうですね」

先を行くシスターは聞こえているのかいないのか。黙り込んでいる。

——案内はどうした、案内は。

まぁ、いいかと頭を切り替え、聖堂内に目を配った。すれ違う神父達の動きは何処か忙しない。ここは〝教会の中枢神経〟であり、神託者が神々の言葉を綴った場所である。日々、数多くの信者が祈りを捧げに訪れる為、聖堂内の警備は他の聖堂に比べて厳戒なものになっている筈なのだが——、「……少ないですね」

思ったよりも、聖騎士の姿を見かけない。

敷地内には装飾豊かな神官服に身を包んだ神父や、慎みある足取りですれ違う修道女たちの姿はあるが館内の異常を監視する騎士達の姿は全くと言って良いほど見受けられず、また、隣の寄宿舎からも人の気配が感じられない。

聖堂内には様々な術式が施されているとはいえ、心許無いのは事実だった。

この大聖堂は教皇の住まいでもあり、七大枢機卿会議もここで行われている程だ。

多くの聖騎士達が近くに設けられた寄宿舎で暮らしており、その他、各地の教会を統括する組織などもこの聖堂の周りに本部が置かれている。

教会の中枢とも言うべき場所であるのだが――……、まさか、これ程にまで警備が手薄になっているとは……。何処からも聖女に対する囁き声や苦言などは聞こえては来ない事から、枢機卿の言っていた〝聖女周りの不和が原因〟と言う訳でも無いのだろう。

――何事も、起きなければ別に良いんですけどね……？

大抵こういう時にトラブルを舞いこませるのが、神様の気まぐれと言う奴だ。

「ここです」と、用意された部屋は表通り沿いの二人部屋だった。

広くは無いが狭くもない。二人で寝起きするには丁度良いサイズ感だ。

「……シオン、休む前に敷地内を一回りしてきませんか？」

シスターに礼を言って下がらせると、荷物を下ろし私は早々に提案した。

ここに来るのは初めてだったし、知識として入れて来た館内図と、歩いて回った感覚はやはり違っている。いざという時に聖女様の部屋の位置が分からずに走り回る――、なんて事になってからでは遅い。

「実は僕もそれは考えてたっ」

気が合うね、とかなんとか喜びながらシオンは外套を脱ぎもせず、私の後に続く。

監視役のシスターか誰かが廊下にいるかと思ったがそんなことはなく、人の気配すらない。そっと扉を閉め、周囲に意識を向けつつ、なるべく足音を消して廊下を歩く。

「そう言えば気付いていましたか、シオン。あの聖女様のお付きのシスター、ずっと貴方の事を睨んでましたよ」

「ええっ⁉ なんで……⁉」

あまりにも大袈裟に驚くものだから思わず笑いそうになってしまったが、「僕、何かしちゃったかな……？」と本気で心配し始めたので一転、私は呆れてしまう。

鈍いのもここまでくれば才能だ。

「嫉妬したのでしょう。貴方は勇者で、魔王から世界を救った大英雄なのですから。聖女様が寝取られるのではないかと心配しても仕方ありません」

「あぁ……、なるほど……」

まぁ、儀礼の警護であればまだしも、常に聖女の隣に立つような護衛に〝英雄〟を置くだなんて本来なら考えられないのだが――、……勇者暗殺計画以前、教会は勇者を抱え込もうとしていたので、もしかすると一部派閥の中にそれを企む連中がいて、クソ眼鏡に話を持ち掛けた、とか。

そもそも、〝男であるはずの勇者様〟と〝神々の花嫁である私〟の客室が一緒な事を考えると信憑性は一層増す。聖女様の護衛に託けて、自陣の勢力を伸ばしてやるのだという利権主義のクソ共による要らぬ計算が透けて見えるようだ。私か聖女、そのどちらかが勇者の子を孕めば教会の未来は安泰とでも考えているのだろう。

「実に嘆かわしい」

仮にも神々への忠誠心だけでここまで尽くしているというのに、なんと身勝手で横暴な神父共なのでしょーねぇ……？

「絨毯ふかふかだね」「ですね」

純粋無垢な勇者様は微塵も気にしていないご様子ですけども。……分かっているのだろうか。自分が敵地に放り込まれているという現状に。

「言っておきますが、シオン。くれぐれも慎重な行動を心掛けてくださいね。神々の教えに背いたと判断されれば、即座に異端審問会送りなんですから」

「分かってるよ。絶対、アリシアを危険な目に遭わせたりなんてしないから！」

あー、分かってないですねー、これ。

「…………アリシア？」

「いえ、――で、その、どうですか、何か感じません？」

「え？　ん？　んー……？」

というのも、実はずっと誰かに見られているという感覚はあったのだが、その出元も方角さえも掴めずにいたのだ。シオンが気にしていないという事は私の勘違いなのかもしれないが、それでも気のせいだと切り捨てるにはどうにも引っかかる。

「少なくとも人に見られてる感じはしないかな……？　ただ、なんか、こうっ……、身体がムズムズする感じはするんだけど、分かる？　こういうのを〝神々がご覧になっている〟っていうのかな？」

「ああ、それはきっと――」と言い掛けて説明すべきか少し悩んだ。

恐らくそれはこの大聖堂の、大きく言えばこの聖都自体の作りによるものだ。常に〝誰かに、神様に見られている〟と感じるように術式が街全体に敷かれているのだ。

しかし、それは私の感じている違和感はそう言ったものではない。

それは確実に生き物の、息を殺し、こちらを窺う何者かの気配だ。

「…………」

「……どしたの？」

「それ以外の視線を、……誰か人に見られているという感じはしませんか？」

「うーん……」

シオンは私の視線を追って首を傾げる。

思い過ごしなのだろうか……？

魔族の気配には私よりもシオンの方が敏感だ。その彼女が〝異常はない〟と言っているのだから間違いはないのだろう。

「気のせいなら、それで良いのですけども……」

ただ、ずっと誰かに見つめられているような気がして落ち着かないのも事実だった。

しかし、どれだけ周囲に意識を巡らせてみてもその正体は掴めない。

「大丈夫だよ！　僕が付いてるから！」

「あー……？」

どうにもシオンを空回りさせてしまったような気がしないでもないのだけど……、……まぁ、良いか。用心に越したことはないですし。

「何か気になるような事があれば、」

「シオンに報告しまっす！」

「……お願いします」

まぁ、いいかとそうして一通り敷地内を見て回り、館内図と身体の感覚が一致した所でそろそろ部屋へ引き上げようかと中庭を通りがかったその時、「カロル、神父……？」

――その姿が目に飛び込んで来た。

「………？」

思わず口に出したその名にシオンは首を傾げ、荷車の傍らで他の神父達に指示を出していた初老の男性は私に気付くと笑みを浮かべ、こちらへとやって来た。ゆったりとした、見慣れた足取りで。

「シスター・アリシア・スノーウェル。久しぶりだね。元気にしていたかい？」

見間違いかと思ったがそうではなかったらしい。

「お久しぶりです、ファーザー・カロル・スノーウェル……。まさかこんなところでお会いできるだなんて……」

「おや？　いやはや、サラマンリウス枢機卿も人が悪いな。私がこちらに配置換えになったことは先立って伝えておいたのだが、どうやら君を驚かせたかったようだ」

にこやかに笑って見せるその姿に、自然と私も顔が綻んでいくのが分かった。

「意地が悪いのです、あのお方は。そうと知っていれば引き受けの申し出など、断っておりましたのに」

「それでは送り出した私のミスだな。丁重にお詫び申し上げよう」

仰々しく社交界で振る舞うかのようにお辞儀をして見せた姿に思わず私は吹き出す。

「お変わりないようで」

「君もね？」

握手を交わし、少し皺が増えたかとその顔を見上げて思った。

「アリシア……？　この人って……？」

「ああ……、すみません。ご紹介いたします。こちら、カロル・スノーウェル神父。私の育ったスノーウェル孤児院の院長様です」

「そして君は彼の大英雄――、大魔王を討ち払ったという勇者様、エルシオン・クロムウエルですね？　この度は御足労頂き誠に感謝申し上げる。どうか、迫るやも知れぬ魔の手から我々を守って下され」

「あ、は、はいッ……」

聖女とは違った意味合いで説得力を感じる言葉遣いにシオンは硬くなりながらも、ぎこちない動きで差し出された手に応じた。

奇妙な事になったものだと思いはするが、なるほど、この人が私達を呼んだのだとすれば辻褄は合う。勇者を教皇不在の聖女の下へと派遣するなどひと悶着ありそうだとは思っていたのだが、事前に根回しは済んでいるのだろう。

「時に、アリシア。街中で悪魔憑きの子供らに出会ったそうだね。なんでも民衆と対立しそうになった勇者様を制し、自らが矢面に立とうとしたそうじゃないか。神々にでも異論を唱えそうな形相で花嫁が睨んでいたと騎士達から聞いたよ」

「それは、その……」

「いや、責めている訳ではないさ。そのような状況で勇者が身元を明かせば別の問題に発展していただろうし、民衆に子供らが囲まれてしまったのはこちらの落ち度だ。もっと慎重に、人目のない時間帯を選んで護送するべきだった。人員が足りていないとはいっても配慮が足りなかった。いや、誠に申し訳ない。勇者様も」

突然頭を下げた老神父に私もシオンも思わずたじろいだ。

「君は子供らを救おうとした。それはとても良き心がけだ。立派な花嫁として育ってくれたようで私はそれが嬉しい――」

「……はい。ありがとう、ございます」

頭を下げつつもチクリ、と胸の奥が痛んだ。

サラマンリウス枢機卿の下に引き取られた後、私が異端審問官としての職務に就いたことには聞き及んでいないらしい。

そうでなくとも異端審問官に関する情報は極秘事項だ。あくまで私の表向きの役職は枢機卿補佐官で修道女とは違い、神々の花嫁として神託に従って動いている事は知ってはいても〝異端者の暗殺〟を請け負っているとは微塵も思っていないのだろう。

「して、どう思ったか聞いても良いだろうか」

「どう、とおっしゃいますと……？」

「悪魔憑きの子らの事だよ。彼らは私達の命によって収容され、聖女様の御意思によって各地の孤児院へと送られる事になっている。自らの意思など、関係なくね。……哀れには思わんかね。人の子でありながら、生まれながらに罪を背負わされた彼らが」

「…………」

脳裏に浮かんだのは石を投げられ、額から血を流す獣の様相を持つ少女の姿と、それに刃物を突きつけようと迫った少年の姿だった。

「彼らは世間で言われているような穢れの象徴ではない。彼らに至るまでの何処かの過程で、その経緯には違いこそあれ、その身に〝魔族の血〟を受ける事になった被害者なのだ。だからどうか、彼らの事を悪く思わないでやってくれ」

「悪くも何も、私達は別にそのような偏見は持ち合わせておりませんよ……？」

「そうか……、本当に、君は変わらないようで安心した」

チクリ、と、胸の奥を刺した痛みに思わず笑みが崩れそうになった。

――この人には、私が人殺しに手を染めている事は言えそうになかった。

「聖女様は随分とお茶目な性格をしていらっしゃるようですね」

私は必死に話題の矛先を変える。

「まさか子供らとあんな風に触れ合っておられるとは思ってもみませんでした。聖女の名に相応しく、素晴らしいお方だとは思いますが、少々驚きました」

わざとらしく、振る舞い過ぎただろうか。心にもない。表面上の賛辞に歯が浮きそうだった。しかし、返って来た反応は予想とは違ったものだ。

「素晴らしい、お方ではあるがな」と、何かが喉に引っかかったかのような言い方に私だけでなくシオンも眉を寄せていた。

「何か気になるような事でも……？」

「いいや、忘れてくれ。聡い君の事だ、私が余計な事を言うべきではないのだろう」

「そうはおっしゃいましても……」

私の困惑を余所にカロル神父は普段と変わらぬ笑みで続ける。

「どうか、彼女を導いてあげなさい。君たちは実によく似ている」

――なんの、事なのだろう。そう尋ね返す前に、神父を呼ぶ声が掛かった。

「カロル神父、片付け、終わりましたー！」

遠くから、修道士たちが呼んでいる。一同に一仕事終えた良い笑みを携えて。

「すまない、行かなくては。また後日、ゆっくり話そう」

手短に挨拶を済ませ、勇者に頭を下げると神父は職務へと戻っていく。何事も無かったかのように。

「枢機卿といい……、私に何をしろと……？」

「お部屋に戻ってお休み頂きたいのですよ」

声に振り返れば私達の案内を申し付けられた例のシスターが立っていた。

「カロル神父。尊敬に値する、素晴らしいお方です。その出自が確かなものであれば、既に七大枢機卿の一席を得ていてもおかしくはありません」

私達を咎めに来たのだろうが、その視線は私達ではなく修道士たちと共に荷台を押し、物置小屋へと片づけに向かうカロル神父の後ろ姿へと向けられていた。それだけで、彼女がどれほど彼を敬愛しているかが伝わって来る。

「カロル神父はいつからこちらに？」

「一昨年前程から、……教皇様直々にお迎えにあがられました。それからはずっと、この大聖堂の筆頭管理人をお引き受け頂いております」

「それまたどうして……」

一介の孤児院長が随分と出世したものだ。

「教皇様とは同郷で、共に修行も為されていたと聞いております」

初耳だった。しかし、嘗ての孤児院を思い返してみれば何もおかしくはないのだろう。

辺境の地であったのにも拘らず、絶えず他の地方からの来客があり、あそこは孤児院と言うよりも地方聖堂の一角を担う集会所のようなものだったように思える。

「……感謝しなくては、なりませんね」

――ただその感情は少しだけ、苦かった。

しかし、そんな私の反応に何を思ったのか彼女は不満げに頬を膨らませる。

「そう思うのであれば、そろそろお休みになって下さいませ！　ここで何かあれば、それはカロル神父の落ち度となります。それに、聖女様も『旅の疲れもあるというのに、どうやら見回りをなさっているようです』と心配しておいでです！　何やら不穏な動きがあるのは承知しておりますが、いざという時に頼りにならないので在れば、何の為にお呼びしたか分かりませんっ。勇者様もっ！」

「あー……、あははは」

背筋をピンと伸ばして、出来る限り自分を大きく見せようとするその修道女(シスター)の振る舞いに思わずシオンは苦笑いを浮(う)かべ、そろそろと私たちは自室へと戻った。


——敬愛する聖女様の為に休んでいないのは自分も同じでしょうに？


「んあーッ……」

疲れたーっ！　と外套(がいとう)を脱ぎ捨て、柔(やわ)らかなベッドの上にシオンは倒(たお)れ込む。

そんな様子を見て私も神官服の〝邪魔(じゃま)な部分〟を幾(いく)つか外して、椅子(いす)に腰(こし)かけた。

「聖女様の護衛だって聞いた時はどうなるかと思ったけど、知ってる人がいて良かったね。アリシア？」

「そうですね。これで何事も起きなければ割と良い休暇(きゅうか)になりそうです」

窓の外を確認(かくにん)し、足場になりそうなものはない事を確認するとカーテンを閉める。

「もしかしてちょっと嬉しかったりする？」

「懐(なつ)かしい顔に会えば、誰でもそうなります」

「そっか。もしかするとあの人がアリシアのお師匠(ししょう)様だったりするの？」

「ええ、私は――、」と、言い掛けて一瞬、あの英雄の事が過った。

「……ん？」

「……いえ」

しかし当の本人はさして気にもしていないらしく、そのまま話を続けた。

「どちらかと言えば先生ですね。文字の読み書きもあの人に教わりましたから」

「なるほどねっ。どうりで似てる訳だ」

「似て、いますか……？　私が、カロル神父に……？」

「うんっ」

シオンに裏表はない。

どちらかと言えばこの子の方があの人に似ているような気もするのだけど、「そうあるのなら、それは喜ばしい事ですね……」表向きは、それなりに良い花嫁を演じられているという自負はある。

街中での聖騎士達から上げられた報告には少し思う所が無い訳でも無いが、それでも、孤児院に居た頃と比べれば随分と〝大人になった〟とは思う。あの頃は本当に、……我ながら酷く、子供だったから。

「そういえばさ、アリシアはどう思った？　あの聖女様の言っていた事」

「と、言いますと?」

シオンは身体を起こし、神妙な面持ちで続ける。

「ほら、復讐の為に生きてはいけません、とかなんとか。まぁ……、実際そうなんだろうけどさ。僕も、あの子の気持ち、分かるんだよね……。魔族に家族を殺されたし、他の村の人達も……。暫くの間は寝ても覚めてもあの時の悲鳴が聞こえるような気がして、ずっと怯えてたし、落ち着いてからは魔族の影を探してた」

自然と、その時の記憶が思い返されたのかもしれない。自然と伏し目がちになったシオンは無理やりに頬を緩ませた。

「僕はさ、魔族は全員殺すべきだって思うし復讐もしても良いと思うんだよ。危険なのは当たり前だし、いつかは自分の身にその炎が燃え移るのだって分かるんだけど、……そういうのって理屈じゃないでしょ? 仇を取りたいって気持ちはさ」

「そう、……ですね」

魔族に大切なものを奪われ続けたシオンにとっては〝復讐〟なんてものはとても身近で、当たり前の行為なのだろう――。しかし、だからこそ、この子の師匠はその身を血に染め、人の世から姿を消す事になった。

――俺のようにはなって欲しくない、と言った英雄の苦々しい顔が浮かんで見えた。

「それをあんな風に、言葉だけで分からせるだなんて、……僕には真似できないよ」

「……それが出来るからこそ、彼女は『聖女さま』と、呼ばれているのです」

誰にも真似できぬからこそ、神の遣いと認められるのだ。

「それに、あなたの場合とあの子とでは事情が違います。相手は魔族ではなく悪魔憑きの子供で、そもそもあの子らがあの少年の家族を奪った訳ではありませんから?」

お門違いでただの八つ当たり。それこそ要らぬ恨みを買うだけだろう。

聖女は特別だ。私達とは違う。

あの聖女様の特異性、神秘性については既に嫌と言う程にまで身に染みて感じていた。

そう呼ばれる為に、彼女は生まれて来たのかもしれないなどと考えてしまう程には。

「……アリシア?」

「……いえ」

シオンではないが、私にだって思う所はあるのだ。

言葉で分からせ、引き留めるだなんて。ちょっと、……キツイ。

「すみません、お湯に浸かって来ます。シオンには申し訳ありませんが後で桶にでもお湯を入れて持ってきますので、貴方は」

「あ、いや、それは自分でするから大丈夫なんだけど……」

そう言いつつ、恐る恐るベッドの上から降りたシオンは私の下へとやって来ると、そっとおでこに触れ、眉を寄せた。

「大丈夫？　なんだか、疲れているようだけど……」

「疲れているから、お湯を頂いてくるのですよ。シオンも疲れているのにすみませんがこれは花嫁の特権という事で？」

なるべく心配させないように茶化してから最低限の荷物だけ持って部屋を後にした。

特権という事なら、仮にシオンが「お風呂に入りたい」とでも言えば勇者様特権で教会が選りすぐった花嫁が派遣されるのだろうが――、

「……シオンはそーいうの、求めていませんしねぇー……？」

クソ眼鏡の庭ではどうにでもなったが、此処にいる間は仕方がない。

何事もなさそうなら外の高級宿屋を借りて、お湯を浴びさせてあげよう。

――などと、考えてはいたが、「ふふふっ……」実のところ（シオンには本当に悪いとは思うのだけど）少しだけここの湯浴み場は楽しみだったので、自然と足取りは軽くなった。ここに至るまでの道中、湯浴みはおろか、まともな水浴びすらする機会が無かったのだ。身体の汚れは祈祷術でどうにか出来るとはいえ、やはり体を湯に沈めるのとでは勝手が違う。多少の御褒美があっても許されるだろう。

——幸いにも、教会の誇る大浴場に人影はなかった。鼻歌まじりに神官服を脱ぎ、木製の扉を抜ければそこは王宮建築士が腕によりをかけて作り上げたという王国屈指の大浴場が広がっていた。贅沢にも流れ落ちるお湯が音を立て、立ち込める湯気が肌に触れると自然と頬が緩む。

「ほー……、ほほほ、なるほどなるほど」などと、つい、意味もなく頷いてしまう。

これ程の湯を常に沸かし続けているなど、神の御業としか言いようがない。噂によると巨大な魔鉱石によって賄われているとか言われているのだが、解明されてはいなかった。

これを作った建築士は数百年の未来を先取りしていたとかで、湯が流れ出る仕組みについては調べる事すら禁忌とされている。

どうやらその仕組みを解明しようと王都の湯浴み場の箱を開け、再起不能にした馬鹿がその昔いたそうなのだ。極刑に処されたことは言うまでもない。

「組み立てられたのが数百年前……、そこから数百年の時を経た今でさえ、再現不可能と言うのが実に罪つくりですよねぇ……？」

わなわなと込み上げてくる喜びを胸のうちに収めつつ、湯に浸かる前に旅の汚れを洗い落としていく。クラストリーチからここに向かう道中、酷い砂嵐やら豪雨やらに見舞われたおかげで髪はバサバサだし、よく見れば肌も傷だらけだ。

「はー、神々に祝福をー、我らに祝福をー」

面倒くさいので割と適当に祈祷術で肌荒れを治しつつ汚れを拭い落とし、髪に付いた油を丁寧に洗い流してこれまた高そうな石鹸を泡立てて鼻歌まじりに身体をこすって――、

「はぁ……、ほんと、シオンには申し訳ないですねぇ……?」

あの子も女の子だというのに。

本人が気にしていないのだから言った所で仕方がないのだけれど、それでも、小奇麗にしておくのは悪い事ではないと思う。

「あの子を洗うとアタランテを洗っている時のような匂いがするんですよねぇ……?」

まるで野生の獣だと笑いそうになったが、アレはアレで前線にいる間の生きる術というものなのだろう、人の匂いを消す、みたいな。

魔族は魔力の流れに敏感だが、話によると人狼たちのように鼻の良く利く連中も多くいるらしいので、多分。うん。そういう事なのだろう。

「だからと言って、ここは戦場ではないのですし、やはり何処かで――、」と考えと共に髪を掻き揚げて、水気を払った瞬間、「ん…………?」何やら指先と頭の間に奇妙な感触があって、思わず動きを止めていた。

「……んぅ……?」

訝しがりながらも、探ってみる。

痛みはない。そもそも傷口は先ほど祈祷術で治したのだ。

「はて……？」

瞼に落ちてくる水滴を拭ってゆっくりと目を開けながらもう一度、その部分に触れ、鏡越しに、私は〝それ〟を確かめた。


獣の、耳を。


「…………………は？」

耳が、あった。獣を思わせる、犬のような、耳が。

「はっ……、はぁあああっ!?」

慌ててもう一度指先で確認しつつ、鏡越しに覗き込む。

そして、〝むにっ〟とした感触に振り返ると、自分の腰から生えている〝それ〟が目に飛び込んで来た。


「…………!?!?」

あるハズもない器官。言葉にならぬ悲鳴。

――それは紛れもない、犬の尻尾だった。


「やばいやばいやばい⁉」


考えるよりも先に身体は動き出していて、脱衣所で神官服を掴み取ると着替えもそこそこに、備え付けられていた大ぶりのタオルを被ってその場から逃げ出す。

――意味が分からない。

私があまりの疲労から夢を見ているだとか、もしくは怪しげな薬を盛られたのだとか、その他諸々可能性は多々に広がる……！

だが、この姿を誰かに見られたら言い訳するよりも先に悪魔憑きの烙印を押され、花嫁の肩書は没収されてしまうだろう。いや、没収で済めば良い方だ。下手すれば〝神々の花嫁の身で在りながら悪魔と契りを交わした不届き者〟とかなんとか言って異端審問会送り――、良くて火あぶりとか冗談じゃないッ……!!

「ああぁッ……!!　もう!!」

なんで私がこんな目にッ――。

耳のピアスで上司を呼び出しながら、身を隠したのは祈りの間の二階部分。神々を描いたステンドグラスの裏側に設けられたテラスの柱の裏側だった。

秋の夜は冷えたが背に腹は替えられないと柱の影に身を潜めつつ、「出ろ出ろ出ろ！」と床を踵で踏み付けながら呼び出し続ける。

原因は分からないが、間違いなくあのクソ眼鏡が私を治すついでに何かしでかしたに違いない。緊急時の連絡以外、こちらからの通信は禁じられている――。

しかし、これが緊急でなければ何が緊急なのかと言う話だ。

……だが、一向に繋がる気配がなかった。まだ寝ている時間帯ではないだろうから何か手が離せないか、出たくない事情があるのか。コール音と共に苛立ちは積もりまくる。

「あー、もしもし、ありしあー？」

「遅いッ！」

ようやく繋がった馬鹿眼鏡は事情を察しているらしく、無駄に響く声で笑った。

「その様子だと見事に発症したようだねぇ、あははは」

「あははじゃないですよ!!? なんですかこれ！」

ぴくぴく、と自分の意思とは別に動く尻尾と耳が心底鬱陶しい。

「えー？　僕に連絡してくるって事は、おおよその見当は付いてるんじゃないの？」

ちゃぽん。とお湯に浸かる音が響く。

「……もしかしてなかなか応答しなかったのって」

「あー、うん。髪の毛、洗ってたから」

マジ、殺すッ……！

「ていうか、じゃあ、私の考え通りの現象って事で間違いないんですね……？」

「ああ、恐らくね。今日が満月なのを考えると先ずそう考えて良いだろう」

ふと見上げてみればまんまる綺麗なお月さまだった。

――見つめた途端、むずむずと尻尾の付け根あたりが疼いてむず痒い。

「血溜まりの蛮勇……」

自然と口をついた言葉をクソ眼鏡は肯定する。

「多分だけどね」

「ヴァイスとあの子の固有技能だったはずですが……？」

「混ざったんだろう、色々と。輸血もしたからねぇ……？　勇者君の魔力を流し込むついでに、白狼将軍の血とかさ？」

「はァッ……？」

前代未聞だ。魔族の、血をッ……⁉

「だってほら、君の血液型は特殊でしょー？　確かに前例も無かったけどさ、やらなきゃ出血多量で死んでいたし、まさかそんなことになるとは驚き桃の木、ラッパ飲みー」

「ふざけるのも大概にしてくださいよ……？」

目の前に居たら眼鏡じゃなくて他の部分を圧し折っていたかも知れない。

「それに今日は満月だからさ？　こういう夜は人狼が凶暴化するとか言われてるし、その関係じゃないかなぁ……？　だから、きっと朝が来れば元どーり。一晩限りの不思議体験だと思って犬耳ライフを楽しんでみたらどうだい？」

「こちとら尻尾も生えてんですよッ……！」

「へー、猫派なのに残念だったね？」

「死ねッ‼」

言った時には既に通信は切れていた。

……まぁ、確かに猫の尻尾なら腰に巻き付けるとかして誤魔化しようもあったかも知れないけど……。「あーっ……、もう……、最悪だ……」泣きべそかきながら着た神官服は水気を吸って気持ちが悪いし、尻尾のせいで裾も捲れてしまっている。その上、頭の上の耳を隠す為にタオルを被って……、窓ガラス越しに映る私の姿は不審者そのものだ。

「……どうしましょ……？」

流石にこんな姿では部屋に戻ろうとは思えなかった。

この際だからこの耳と尻尾の説明がてら〝血溜まりの蛮勇〟の副作用についても話してしまった方が良いだろうか……？　将来的に貴方もこうなりますよーとか言ったら流石のシオンも……、「うーん……」

なんか、好転する未来が見えないんだよなー……とその場に座り込む。

火照っていたはずの身体はすっかり冷め、見上げる夜空に涙すら溢れそうだった。

「恨みますよ、神様ァ……？」

存在するのなら、反省するまで蹴り殺してやるところだ。

「随分とまぁ、おかしな恰好をしているじゃないか　」

「――――……?!」

突如響いた声に跳ね上がった。

経典を掴んで構えてはみたものの、その声の主を見つけることは出来なかった。

そもそもこのテラスに誰かが潜めるような場所はない。

目を凝らしてみるがただの闇夜が広がっているばかりだ。

「声を上げない方が、お互いの為だと忠告しておこうか」

耳元で囁かれた言葉に身を捩る――が、術式を発動するよりも先に手首を掴まれ、首筋には冷たいものをあてがわれてしまっていた。

微かな血の匂いが鼻を突く――。

「俺の狙いが君の命だとしたら、声を掛ける事無く殺してるだろ？　だから俺は君を殺しに来たわけじゃない。理解してもらえるか。あんだーすたん？」

「……弄んで、愉しむつもりかも知れないじゃないですか」

「それも良いが花嫁を手に掛ける趣味は無いよ。俺の標的は魔族だけだから」

言って襲撃者は私の拘束を解いた。

瞬時に経典を握っていた左手を右手で押し込み、左ひじを背後に打ち込んだのだがそれは虚しく宙を切り、「そうそうっ、血気盛んなのは良い事だ。流石は異端審問官様」と声の主は反対側へと移動している。

「……どうしてそれを……？」

「見てれば分かる。普通の花嫁とは明らかに身のこなしが違うし、〝この経典〟からは嫌なにおいがぷんぷんしやがる」

　はっと、その時になってようやく自分の手から経典が失われている事に気が付いた。

　代わりに闇夜の中に薄らと、何か人影らしきものが浮かび上がり、その人物が私の経典を右から左へ、左から右へと興味津々と言った様子で中を開こうとし、――出来ずに諦め、指先でくるくると回して見せる。

「なんなんだ、こりゃ、どういった代物だ？」

「返して下さい。失くすと怒られるんですよ」

「んじゃ、人質代わりにはなるって訳だ」

　あっ、と思う間もなくどぷん、と経典は闇の中へと消えた。

　まるで空中に出来た泥沼の中にでも飲み込まれるようにして。

「分かってますかっ……？　いまの、あからさまな宣戦布告と受け取られても仕方のない挑発行為ですよ……？」

「分かってくれよ。俺だって命懸けなんだ。あんな危なそうなモンを見せつけられながら話なんて出来ねぇのさ」

　中性的な声色からは男か女なのか判別がつかない。そうでなくとも姿形が曖昧で、唯一聞こえて来るその声すら時折歪み、聞き取り辛いのなんのって。

　私の事などお構いなしに影は続ける。

「さっきも言ったが俺の目的は魔族の抹殺だ。アンタとは利害が一致しているんじゃねぇのか？　教会の異端審問官様よぉ？」

「私は魔族担当ではございませんので」

「だとしても、勇者様はそれをお望みじゃねぇのかい？」

「…………」

「わりィけどずっと見させてもらってた。アンタはあの勇者様を気に入ってる。その逆も然り。相手が魔族なら勇者様の力になってやりたいってのは本心だろ？」

よくもまぁ、しゃあしゃあと……。

「だとしても、です。ここが何処だと思っているんですか、ここは――、」聖都、エルディアス。そんなところに魔族が――、……と告げようとしてその妙な沈黙に思い至った。

「まさか、いるのですか、魔族が。この街の中に……？」

「この街じゃねぇ、教会の内部に、だ」

有り得ない。私を騙そうとしているのだと思考がその思惑を見抜こうと回る中、「有り得ないとも言い切れないのではないか」という疑問があった。

元魔王軍幹部、天の牙、白狼将軍。

彼の死に際の言葉が嘘ではないとすれば〝魔王は人間との和平を望んでいた〟。

仮に、魔王が言葉で語るだけの理想主義者でなければ、教会内部に何かしらの人員を送り込んでいてもおかしくはない……？

「既に十人以上、アンタらに変わって処分してやってんだ。感謝状の一つくれたってバチは当たんねーだろうさ」

枢機卿の言っていた目的も動機も分からない暗殺者とはこの不審者の事だったらしい。

教会内に魔族が潜んでいて、悪さをしているから自分が裁いて回っていると、へー。

「それほどの凄腕でしたら私の助力など必要ないのでしょうに」

「助けて欲しいっつっても誰かを殺してくれって言ってる訳じゃねぇ。それは俺の領分だからな？　だから、アンタには調べて貰いてぇのさ、ターゲットが本当に人間なのか、魔族じゃないのかってな？　死体になって貰ってから『俺の勘違いでしたごめんなさい』なんてのは誰も幸せになんねーだろ？　違うか？」

一理あるだろうか。私の心の揺らぎを姿なき眼が見据えているのが分かった。

「……それで、誰の身辺を洗えと？」

「　聖女、ネヴィッサ・ヴェルナリアだ　」

「――……なるほど」

驚きはしなかった。

ただ、有り得ないとも思った。

「濡れ衣ですね。それとも、勇者様が匂いを見逃すとでも？」

長年魔族とやり合って来たシオンにとって魔族の気配は死そのものだ。

人間と魔族ではその身から生み出される魔力量の桁が違う。仮に外に放出していなくとも、その身から滲み出る余剰魔力は無視できない〝匂い〟となって本能を刺激する。

蛙が蛇に睨まれた時に動きを止めるように。

人間の天敵たる魔族に睨まれた時、私達は本能的に死を覚悟するものなのだ。

私もあの聖女に気色の悪いものを感じたのは事実だが、それは生理的な物であって種族の違いによるものではない。

「先入観を捨てな。自分が一番賢いと思った奴から死んでいく。俺は自分が弱いと知っているからこそ、今もこうして生き永らえていられるんだ」

「協力を申し出ておきながら、姿を見せようとはしませんものね」

暗殺者が冷笑を浮かべるのが分かった。

「考えてみろ。ヒトとも魔族とも区別がつかない怪物が組織の中に潜んでやがるんだ。安心して眠れやしねーだろ」

「貴方の言葉が全て虚実であって、私を誑かそうとしているのかも知れませんね」

「それを言われちゃおしまいだ。俺は信じて貰えるよう神様に祈るしかねぇ」

暗殺者が神頼みとは、……笑えませんね。

「ま、望むところは同じだ。世の為人の為、協力しようぜ？　あの女の正体を暴いてくれればこの本は返してやるからよ、――じゃあな」

「あっ、貴方の事は、なんと呼べば宜しいのですか？」

言って消えようとした気配に咄嗟に問い掛けた。

ただ、少しでもその正体を知る手掛かりになれば良いと思ったのだが――、

「監死者、と書いてデッド・シーカーとでも呼んでくれ」

――うわぁ……。

返って来た名前に思わず全身がぶるっと震えた。

「貴方がそれでいいのなら、構いませんが……」

そんな私の戸惑いが伝わったのだろう。監死者、デッド・シーカーは言い直す。

「……ならヴェール・クロイツェンだ」

「ヴェえる……？　なんですって？」

「……ヴェール・クロイツェン、だ。……もう良いっ！」

「あ、ちょっと！　良くありませんってば！」

余りのネーミングセンスに調子に乗ってしまったのが悪手だった。

ぶわっと風が吹き抜けたかと思えばそこにあったはずの気配は消えていた。

「ヴェール・クロイツェンならデッドシーカーの方がマシですよー……？」

私の切実な訴えは夜風に掻き消され、闇夜に溶けて行った。


謎の侵入者に経典を奪われて数分後。私は自らの置かれている状況を思い出し、改めて頭を抱えると、頭と尻尾を隠しながら人気のない廊下をコソコソと歩いていた。

傍から見れば不審者以外の何者でもないだろう。

単独での侵入任務には慣れているので気配を殺し、人の気配に敏感になりながら進めば良いのだが、頭に犬耳と、尻尾が生えているという事実が正常な思考を奪っていた。

「ああっ、もうっ……、ほんっとうに鬱陶しいッ……！」

自分の身体から生えている物なのだから私の何らかの感情に伴って動いているのだろうが、好き勝手に動く尻尾に思わずバランスを崩しそうになる。

その上、妙に音に対して感覚が鋭利になっているらしく、階違いの、何処かの部屋から衣擦れの音が響いただけでも「ビクッ！」と全身が強張った。

「これ……、引き千切ったりしたら治ったりしませんかね……？」

傷口は祈祷術で塞げばいいのだし、いっそ一思いに——とか、思わなくも無いのだけど、猫の尻尾は下半身の神経と繋がっていて損傷すると歩けなくなるとか聞いたことがあるし、猫じゃなくて犬だし、犬じゃなくて魔族の、人狼のそれなのですけどもッ——！

「あぁあーッ！」と爆発しそうな頭で耳を両手で押さえ、出来る限り人に出くわしても誤魔化せるように頑張って見てはいたのダケレド、「…………あー……？」そういう時に限って異常事態に出くわすものなのだ。

「……何をしているのですか、シオン」「ふぁあ⁉」

後ろから声を掛けられ、跳びあがったシオンがいたのは件の聖女様のお部屋のすぐ傍で、階段の角から様子を窺うように頭を覗かせていた。

私が言うのもなんだけど不審者そのものだった。

「な、なんで分かったの……？」

「なんでも何も、そんな風にコソコソしていたら——、」と否定しようとしてシオンの言わんとしている事に気が付いた。

「もしかしてシオン、いま本気で隠れていました……？」「——………、」動揺が収まりつつあったシオンの瞳が大きく開かれた。

「まさか、そんな……、」——いや、そんな事も、……あるのだろうか。

この獣化が原因で、人狼の耳と、尻尾、……は関係ないだろうが、とにかく、この耳が生えている事によっていままで一度も気取る事の出来なかった潜伏(せんぷく)中のシオンの姿を見つけることが出来た……？

何がどう、私の身体に作用しているのかはまだ分からないが、この状態の事はもう少し調査する必要が——……、「……あのー」「へっ……!?」

目の前のシオンの視線は一旦(いったん)私に戻るが、暫くすると右から左へ行ったり来たり、上がったり下がったり。

「そうじろじろ見られると気が散るのですが……」

「え、あ、だ、だって、アリシアっ……、アリシアにっ……、だって……!!」

「輸血された白狼将軍の血が要らぬ作用を起こしたようで、満月の夜にはこうなってしまう体質になったみたいです。……多分、命に別状はありません」

まー、どうせいつかはバレるでしょうし、一晩中隠し続ける事も不可能だろうから、いま説明する事にする。流石に『血溜まりの蛮勇(スカーレット・ブレイブ)』の事に触れる勇気は無いけど。

「へ、へぇっ……」うわぁーっ……、とシオンは興味津々と言った様子で腕(の)を伸ばして来るので、「……シオン？」私は目を細めた。

「ごっ、ごめんっ……！　あんまりにも可愛(かわい)かったから、ついっ……」

ついって、貴方……。仮にも殺し合った相手の面影とか見えたりしません……？

「私は真っ先にあの白狼将軍の面影が重なって見えたのですけども……」

「そ、そうだよねっ……？　僕が、もっとしっかりしていたらアリシアはこんな目に遭わなくて済んだんだし……もしかしたらその耳のせいで悪魔憑きだって疑われて、教会から追われるハメになるかもしれないのにっ……」

「あー……？　シオンさん？？　あの、別にそこまで深刻にならなくとも……」

いや、まぁ、深刻には為るべき問題なのだけど。別にこの子に心配されたからといってどうにかなる訳でも無いというか、私の事は私でどうにか出来ると言いますか。

「ていうか、何か気になる事があって様子を窺っていたのでは……？　魔族の気配でも感じましたか？」

私が聖女の部屋へと目を向けると、シオンもそれを追って扉の向こう側へと視線を投げた。暗殺者の情報は隠しておくことにする。余計な混乱を生む元だろうし、変な先入観を持たせて判断を鈍らせるのも良くないだろう。

「……分かんない。ただ、なんか魔力が使われてる匂いを感じたって言うかアリシアが使ってるみたいな祈祷術かもしれないんだけど……」

どれほど神経を研ぎ澄ませてみても扉の向こうから音は聞こえない。

聖女の部屋の更に向こう側。中通りを挟んで反対側に設けられた修道女たちの寄宿舎から食器を片付ける音は聞こえるのに、全くと言って良い程の無音だった。

部屋を空けているのであれば問題ないが、シオンの言う〝魔力の流れ〟が気になった。

柱の影から出て聖女の部屋へと向かう。

「あ、アリシア⁉」

「近づいてみないとなんとも」

――杞憂で済めばいい。どの道、私達に任されているのは〝聖女様の護衛〟だ。シオンはコソコソと様子を窺っていたが胸を張って職に当たれば良いのだ。

「…………どう？」

「どう、と言われましても、……ちょっと待ってください」

扉に手を触れ、指先と耳に意識を集中させる。

すると伸ばした感覚の先――、扉の内側に微かな術式の起動している感触があった。

「これは……、」

人払いと、防音……？

「――――、」「あ、アリシア⁉」

はッと、顔を上げた私に驚いたシオンが私を見るが構ってはいられない。

微かな女性の悲鳴の一端（いったん）。

誰かが叫（さけ）んでいるのが内側から聞こえたのだ。

「ぶち破ります」

「えええ⁉」

制止するシオンなどお構いなしに私は腰を落とすと、祈祷術を使っての能力向上（Spec-Boost）と瞬間治癒（Secret-Revive）を重ね掛け、「でぃ！」と勢いよく扉を蹴り飛ばした。

吹き飛ばされた扉の向こうには、簡素だが品のある部屋が広がっており、私達は揃（そろ）って中へと踏み込む。

扉を軸（じく）に術式が展開されていたのだろう。

中に踏み入るとその悲鳴が気のせいでなかったことが分かる。

「――寝室（しんしつ）ッ……！」

本能のまま、声の聞こえる方向へ向かって走っていた。

頭の中で神々への祝福を唱え、出会（であ）い頭（がしら）のカウンターが撃（う）ち込まれても対応できるように防衛用の祈祷術を用意しながら「大丈夫（だいじょうぶ）ですかッ⁉」扉を開け放ち、踏み込んだ先で、「あっ、あっ、ああああッ――――……‼」「…………………」熱を帯びた、女性の悲鳴が部屋中に響き渡（わた）った。

「あ……、え、……は……？」

——悲鳴と言うか、〝嬌声〟だったのですけども。

「あら……？　あらまぁ……？」

白地のベッドの上。

それまで激しく身をあてがっていた聖女がこちらに気付き、半裸のまま、上気した頬に手を当てて振り返った。

「そう見つめられると、お恥ずかしいですわ……？」

ベッド脇に立てかけてあった鈴付きの杖が音を立てて倒れる。

「あー……」

聖女は、性女だったのだ。

————……はぁッ⁉

「っ……、……はぁああーっ……」

ばしゃーっ、と頭から冷水を被ると思考の輪郭が少しだけハッキリとした。

聖女の情事発覚から一夜。シオンは気が昂って眠れなかったらしく、朝方になってようやく寝付いた。いまは就寝中だ。私もなんだかんだとうまく寝付くことが出来なかった。このままだと仕事に支障をきたしそうだったので、朝から水を被る事にしたのだ。

「唯一の救いと言えば頭の耳が引っ込んでくれた事でしょうか……」

耳と尻尾は気が付けば消えていた。

生えて来たのも突然なら、無くなるのも突然なもので、一体どういう仕組みで生えたり消えたり（引っ込んだり？）しているのか自分の身体の事なのに全く以て不明だ。

得体の知れない何者かに寄生されたみたいで心底気分が悪い。そうでなくとも朝から体調が優れなかった。

「……獣化の影響は少なからずあると見ておいた方がいいでしょうね」

祈祷術や魔術で失われた身体の部位を新たに生み出す場合、術者のみならず、対象者の身体にも負担が掛かり、かなりの体力を消耗する。

生えた分と消えた分。足し引きでゼロなどと言う都合の良い事は無いのだろう。

生やす分でマイナス、その上、消す分でもマイナス。併せて二倍、無駄に体力を消費している可能性だってある。

「なんにしても、満月の夜から翌日に掛けては気を付けねばなりませんね……」

もう一度、気怠い身体で井戸水を組み上げ、頭から被った。

いつもの神官服は部屋に置いて来て、いまは修行の時に良く用いられる修道着だ。

薄手で装飾の無い生地が肌に張り付くが元より汗をかくことが前提とされている為、水を被ってもそこまで不快でもない。寧ろぴったりと肌に張り付いて、心地好さすらある。

——しかし、纏まらない思考はぐるぐるぐるぐると頭の中の同じところを駆け巡り、無駄な思考が行ったり来たりしている。

暗殺者と、教会内部の魔族と、聖女の性事情と……、「……あー、……いえ、最後のはどうでも良いか……」花嫁である私とは違い、聖女はあくまで「聖女」でしかない。

神々の花嫁ではなく、人々の意見を神々にお伝えする窓口。

その性事情がどうであったとしても、私の関知する所ではないだろう。

「おはようございます。シスター・アリシア？」

ふと、鈴の音に振り返れば、そこには渦中の聖女様が立っていた。

廊下から裏庭へと、昨夜〝お供していた〟シスターに連れ添われ、鈴の音と共に朝日の光の中へと歩み出てくる。

「……おはようございます。聖女・ヴェルナリア様」「ネヴィッサで良いと、昨晩申し上げたと思いますが?」「いえ、そう言う訳にもいきませんので」「…………」と私たちの会話を聖女様の一歩前で俯き、顔を赤くして黙り込んで聞いているのは昨日ちょっと偉そうに、私とシオンに早く部屋に戻るよう提言したお付きのシスター様だ。まさか早く部屋に戻って欲しい事情が自身の都合だったとは思いもしなかったが――、まぁ、そういう事もあるのだろう。

聖女様に愛でて頂くためにも、私達がうろちょろしていては不都合だっただなんて。

「あの、その……、昨晩の事は……」

「誰かに触れ回るつもりはありませんよ。完全に私どもの落ち度ですし、扉を蹴り開けた事を不問にして頂けるのならそれに越したことはないので」

「そう、ですかっ……。良かった……」

ようやく口を開けたシスターは嬉しいやら恥ずかしいやらで顔をまともに見られないらしく、庭の隅に目をやっていた。

そんな二面性シスターの両肩に聖女は手を触れ、彼女を自分に向き直らせる。

「何も恥じる事はありませんよ。シスター・ロリア。人を愛し、愛されることを神々はお禁じになっては居られないのですから」

「聖女様……」

「禁忌と為されているのは快楽の溺れ、人としての尊厳を失う事――。……貴方の行いは神々の寵愛に背くものではございません」

「――はいっ……！」

見る見るうちに自信を取り戻していくシスターとそれを導く聖女には思わず感服だ。

「聖女様は、……湯浴みでしたか」

僅かにその髪が湿気を帯びているのでその帰りだと思われる。

「ええ、汗を流しに、ね？」

ごもっともでーす。夜遅くまでお盛んだったのでしょう。

「どうせならお誘いすれば良かったですね。あれから貴方の事は気になって――お話ししたかったのですよ？」

「ご厚意だけ受け取っておきます。冷水でなければ目が覚めませんので」

幸いな事に聖女の〝下になっていた〟シスターは状況に気付くや否や取り乱してしまって、シーツに潜り込んでしまっていたので私の犬耳には気付かれていない。

仮に悪魔憑きの濡れ衣をかぶせられようものなら、聖女との肉体関係を取引材料にしようと思っていたので脅さなくて済むのは何よりだ。

「そう言えば、悪魔憑きの子らを引き取ってらっしゃるのも聖女様の御意志だそうですね。カロル神父に伺いました」

「ええ……一人一人面談をし、それぞれにあった方法で安らげる場所へと送り出してあげられればと思っています」

「迫害され、追い立てられた傷は癒えますか」

「難しいでしょうね……」

聖女は汲んであった桶の水に触れ、祈りの言葉を述べる。

それらは術式となり、水面から浮き上がった幾つもの水球が空中で様々な魚となって宙を泳ぎ始めた。目が見えていないからこそ、魔力の扱いに長けているのだろう。もしくは、あの監死者の言ったように、〝魔族〟であるか――だが、……流れ出る魔力量は僅かであり、魔族の其れには遠く及ばなかった。あくまでも人並みだ。

「いくら身体の傷を治すことが出来たとしても、心の傷は――、……その身に刻まれた悪夢は、生涯を通してあの子らを縛り付けるでしょう」

それでも子供らを引き取り、その所在に責任を持つとは……、恐れ入る。

シオンが言うには悪魔憑きとなった人間は、通常の人々よりも身体能力に優れ、相当な魔力量を有するそうだ。それは魔族に比べれば遥かに劣るものの、一般的な人間とは比べ物にならない程で、隣国の、教会の影響力の薄い連合国や共和国辺りでは傭兵稼業に就いているものが多いのだと、師匠が言っていたそうだ。

それらについて私は初耳だったし、恐らくは教会の認めたくもない、ない事実なのだろう。

「いつ、人に牙を剥くか分からないから、自分の管理下に置いて保護しておこうと？」

「少し、違いますわね……？　保護した子らの殆どは私の管轄下にある孤児院で面倒を見ておりますが、望む子らには他国への亡命を手引きしたりもするんですよ？　北東の、比較的差別の少ない地域に移って頂く事にはなりますが」

この街から少し南に下れば大海が広がっており、小さな港町もある。

そこから船に乗せ、陸沿いに北上させているのだろう。

「分かりませんね……。どうしてそこまでして……」

仮に、彼らのうちの数人でも復讐心に駆られ、反旗を翻すような事になれば『余計な事をするからだ』と糾弾され、責任を問われる。悪魔憑きの子らを傭兵団として運用しているのならまだしも、デメリットばかりが目立つ話だ。

教会の上層部は癒しを求める者に金銭を要求するようなクソ共ばかりだから。

「私も、過去に縛られた人間ですので。あの子らの痛みがとても良く分かるのですよ」

ゆらゆらと、宙を泳いでいた魚たちは裏庭に植えられた花壇の中に飛び込み、弾けた。

「その世界が苦しみに満ちたものではないと、導いて差し上げたいのです」

胸元を押さえ、そこに未だ傷が刻まれているのだとでも告げるように、ネヴィッサ・ヴエルナリアは悲し気な笑みを浮かべる。

それが偽りであることを理解した上での発言なのだろう。綺麗事だけではどうにもならない事もあるのだと分かった上で、嘘を吐いてでも背を押すことが出来るのなら、と。

「愚か者だと、笑って頂いて構いません」

「いいえ、素晴らしい志だと思いますよ」

主張はご立派ですし、その思惑の向かう先で、私が害されなければどうぞお好きに。

「聖女様、そろそろ――」と私たちの沈黙を話の終わりと見たらしい。シスター・ロリアが耳打ちし、聖女は頷き「では後ほど――」と私に告げてから鈴の音と共に建物の中に戻ろうとした。――が、その足はピタリと止まった。

「聖女様……？」

怪訝に思ったシスターが振り返り、聖女ネヴィッサは塀の上を見上げる。

「……私に何か、御用でしょうか？」

その時になってようやく私も気付いた。

——どうやら本当に私は調子が悪いらしい。

塀の上に登る影があった。そして植木の影から、廊下の柱の裏から、外套に身を包んだ不審者が姿を現し、私達を取り囲む。

「聖女、ネヴィッサ・ヴェルナリアだな」

聖女の行く手を塞ぐように建物の中から出て来た男が尋ねる。

「同胞を、返して貰おうか」

「誰かッ——」「遅いな」シスターが叫ぶよりも早く彼は間合いを詰めていた。

人の身では有り得ないほどの初速——、まるで魔族だ。

「か、神々の名においてっ、」「寝ていろ」

慌てて祈祷術を発動させようとしたシスターだったが、当然のように間に合わない。

聖女と襲撃者との間に割って入った身体は横薙ぎの蹴りで吹き飛ばされ、「——確かに、遅いですね」

私はその襲撃者の背後に滑り込んで首根っこを掴むと投げ飛ばし、術を発動させる。

こういうのは、襲撃者の姿が見えた瞬間から術式を走らせるのが鉄則だ。

「【天蓋の呪縛】、【咎人の懺悔】」

空中から生み出された金色の鎖が襲撃者達の腕を絡め取り、足元から生えた神木の根はその足首へと絡みつく。

「降参するのであれば、お早めに」

「馬鹿に、するなァ⁉」

ぶちん、と人の手では千切れないとされている天上の鎖が千切れ、神木の根を根元から引き抜いて男は再び跳び掛かって来る。フードの取れたその顔は人と言うよりも獣に近く、剥き出しになった牙がどうにも見苦しい。

「馬鹿になど、しておりませんが」

言って固有技能を発動させ、手元に生み出していた天上の鎖を持って男の刺突を避け、首を絞めに掛かろうとしたのだが「ぢッ――、」直前で地を蹴り、跳躍した男の膝を両腕で防ぐハメになった。

衝撃を受け止めきる事など出来ず、弾かれ、足が地から離れる。

「弱き我らに、神々の盾をッ……、」狙いは私ではなく聖女だ。

空いた懐に追撃を加える事もなく、脇を通り抜けて行った男の眼前に不可視の壁を作り出し、男はそれに直撃して仰け反る。

「シュノエ‼　くっ、そおおお‼」

仲間の被弾に他の襲撃者達が叫び、ぶちぶちと鎖を千切っていく。

「これじゃまるで私が悪者みたいじゃないですか……」

言いつつ聖女の周りに防壁を構築しようとしたのだが、発動する前に背後から女が大ぶりの一撃を加えて来て咄嗟に身を屈めた。

猫耳と――、尻尾……!?　ちょっと可愛い……！　とか思ったのも束の間、背筋に感じた殺気に振り返る事もなく転がると、睨んだ先で衝撃と共に土埃が上がった。

巨漢の振り下ろした斧が地面を抉っている。

毛むくじゃらの、猿というには余りにも筋肉の発達した、何か。

「コイツの相手は任せて！　聖女を！」

「分かってる!!」

襲撃者の数は六人――。私に四人、聖女側に二人。

必死にシスター・ロリアが防御術式を展開して殻に籠もってはいるが、獣の腕で繰り出される拳はそれを酷く揺らし、長くは持ちそうになかった。

「どうしてこうも面倒事ばかりッ……」

嫌気がさしつつも撃ち込まれる刺突や、振り下ろされる斧、掴みかかろうとする腕や蹴り出される足を躱し、なるべく一対一になるよう立ち回る。

カウンター気味に踏み込んで一人ずつ無力化しようと試みてはいるのだが、獣の如き勘の鋭さで瞬時に身を退かれ、仲間を守る様に撃ち込まれる攻撃に遮られる。魔族ほどではないが、面倒だ。無理に追撃しようものなら深手を負うのは目に見えていた。

「光求めし我らの──、」戦闘を行いつつ、祈りの言葉を捧げながら経典が手元にない事を忌々しく思う。

場所が場所だけに祈祷術は使い放題ではあるのだが、なにぶん発動までに時間が掛かって仕方が無い。予め経典に用意しておいた術式に魔力を走らせるだけで発動できる魔術が無いだけで、こうも後手に回るものかと悪態を吐いた。

そもそも武装が圧倒的に足りていないのだ。

祈祷術で生み出した鎖や光の刃をどうにか反撃に転用してはいるのだけど、鈍器としての経典や掻っ切る為のナイフが無いとどうしても決め手に欠ける。

「だとしても──、」

あるものだけで、どうにかするしかない──。の、だが、意識外の五人目、聖女に取り掛かっていた男が一人、標的を変え、死角から襲って来たせいで一瞬リズムが崩れた。

「ちッ……、」躱せるはずのナイフが脇を掠め、振り下ろされる斧を鎖で受け止める。

「このッ、いい加減に、しろッ！」

そうして、抱き着くようにして覆いかぶさって来た大男を避ける為に、足を踏み出した先で「あ、」と、突然膝から力が抜けた。

そのまま身体のバランスが崩れ、運よく男は躱したが、直後、振り抜かれた大斧はどうしようもなかった。どうにか、刃は鎖で受け止め――、しかし衝撃はどうしようもなく、地から足が浮いて、勢いのままに弾き飛ばされて地面を転がった。

「アウル!!」「応ッ……!!」

顔を上げれば、私を打ち飛ばした巨漢が聖女を守っている半透明の壁へと斧を振り下ろし、神々の加護を音もなく打ち破る。その男の脇からは小柄な女が迫っていた。

聖女と襲撃者。――そこに人影が割り込んだ。

「に、逃げてください聖女様っ……」

――傍仕えがその身を盾に、短刀を受け止めていたのだ。

「ロリア……?」

初めて、ネヴィッサが不安の色を浮かべた。その好機を見逃すまいと次々と襲撃者達が彼女へと迫る。その間に立ちふさがるものは、もう、なにも無い――が、

「天蓋の、呪縛……、咎人の、懺悔……」

――寸前の所で私の生み出した鎖と根は、再び襲撃者達の身体を絡め取った。

「てめッ……、離せッ……！」

聖女の眼前にまで迫っていたナイフが宙で震える。

「罪深き、我らに……慈愛の、我らの旅路に、祝福をっ……」

揺らぐ視界の中、言う事を聞かない膝に手をついてどうにか立ち上がり、魔力を注ぎ込んで鎖の強度を上げた。根は太くなり、鎖の締め付けは増していく。

「ぐっ……――、」

苦痛に歪む姿にとりあえずは息を吐き出した。

――頭痛が酷い……。ズキズキと、横腹が痛む。右腕は、感覚が無かった。繋がってはいるのだが腕自体が重しみたいに感じられる。さっさと傷を治してしまおうと息を吸い込んだら、「っうッ、」……あまりの痛みに涙が滲んで祈りが途切れた。

喉が痛い、呼吸が苦しい……。肺か、内臓か――。どちらにせよ最悪だ……。

「聖女さま……、助けを……――、」

大声の出せない私の代わりに人を呼んでもらおうとしたのだが、その背後に影が走っていくのが見え、声を絞り出していた。

「ネヴィッサ……！」

叫びながら無理やり踏み込んだ足で跳ぶ、――が、離れ過ぎていた。

伸びあがった影の中から、鈍い光が煌めき、聖女の胸元へと向かってナイフは吸い込まれるように突き進む。

――間に合わない。と覚悟した刹那。走り抜けた風に思わず安堵を溢していた。

いつだって勇者様が現れるのはギリギリになってかららしい。

「――…………、」「君はッ……!? なんなんだ……!?」

咄嗟に割り込んだシオンによってその影の刃は受け止められている。

「…………」

影に返答はない。

一瞬の睨み合いの後、影は凶器と共に影の中に消えて無くなった。

突然の静寂が、辺りを包んだ。

「――……いまのは、一体……、」

事態が呑み込めないまま飛び込んで来たらしいシオンは辺りを見回し、無様に地面に転がった私と目が合う。

「シオン……」

「アリシア！」

慌てて身体を抱え起こされ、その反動で酷く身体の内側が痛んだ。

呻き、顔を歪める私をシオンが心配そうにのぞき込む。

「いますぐ治療室に――、」「そんな事より、彼らを……、そろそろ、術が、」とシオンの胸を押し返すと同時に襲撃者達の身体を縛り上げていた根の寿命が訪れた。

突然身体の自由が戻った悪魔憑き達は困惑気味に私達を見つめながらも、根気強く、まだ聖女に向かって襲い掛かろうとし――、

「絶対に、許さないからッ……」

私でさえ背筋が凍りそうになる殺意を向けられ、その場に縫い留められた。

「お、俺達は、」「黙れよ」

何やら弁明しようとした男は突如膝から頽れ、その背後に立ったシオンは他の面々が悲鳴を上げるよりも早く次々と彼らを無力化していく。

武器を使うような事もなく、ただの手刀で、一人一人、気を失わせていった。

魔族を相手取って来たあの子にとっては悪魔憑きなど、魔族の子供らを捻るより造作も無いらしい。

他の神官達が慌てた様子で姿を見せたのは全員が地に伏し、聖女がお付きのシスターの治療を終えた辺りだった。聖騎士達がやって来たのは更にその後だ。

聞けば当直の警備が全員眠らされており、出入り口を内側から施錠されていたらしい。

　人手が足りないからと言っても失態が過ぎる。警備責任者を一発殴らせて欲しい。

「我々の代わりに聖女様を守って頂き、ありがとうございます」とかなんとか一応のお礼は言われたのだけど、全身が痛くてそれどころではないし、修道着は泥にまみれ、あちこちが切り裂かれて酷い有様なワケで。その視線に下心が無いとはいえ、このような薄手の恰好で（しかもなかなか煽情的な裂け方をした服装で）注目を浴びるのは誠に不本意だ。

「ごめんねアリシアっ……、僕がもっと早く駆けつけていれば……」

「気に、しないでください……。こうして死人を出さずに済んだのですから」

「でも――」とまだ続けようとする言葉を遮り、私は祈りを捧げて自分の傷を癒すのに集中する。

　昨夜の獣化で消耗している上での負傷だ、正直かなりきつい。――とはいえ、この地は祈りの集積地、聖都・エルディアス。

　私は祈りの言葉を唱えながら大気中の〝霊気〟を取り込んでいく。

　本来魔術とは術者の魔力を術式で様々な形に変換し、発動させるものなのだが、祈祷術はその源泉を外に求める仕組みとなっている。

　実は、神々への祈りの言葉には〝その者の余剰魔力〟を〝霊気〟へと変換し、大気中に放出させる術式が組み込まれていた。

信者の魔力を教会関係者のみが使用できる〝霊気〟と呼ばれる形に変換し、保管。そして神々の奇跡として消費する――。それが祈祷術のカラクリであり、自前の魔力で全てを賄う必要がある魔術とは一線を画す所だ。

つまり、この街のような〝聖都全体が信者によって満たされている〟ような場所では通常では治し切れない傷も集中して祈りを捧げればどうにか動けるようには出来た。

腹の内に痛みが残っているような感じもあるけれど、それは仕方がない。

治療術式の基本は〝自己修復〟だ。

瞼が重くて仕方がない。獣化の影響と併せて疲労はピークを迎えようとしていた。

「着替えを取りに戻りますので、シオンは聖女様の護衛をお願いします……」

「ダメだよ！　ふらふらじゃないか、僕も付いていく！」

人の目もあるというのにこの子は……。

「なにが優先されるべきかを、忘れて貰っては困りますね……？」

ふっと笑みを作り、私は平気ですと伝えるのだがシオンの表情は変わらない。

いまにも泣き出しそうな目で私を見つめて、……フードを深く被っているから後ろの神父達からは表情までは見えていないだろうが、花嫁に固執する勇者の姿は彼らの目にどう映っているのやら。

「あまり私を困らせないで下さい――」と私が珍しく泣き落としの方向で攻めてみるとシオンはきゅっと口を横に結んでこれまた珍しい表情で「だけどッ……」とそれでもまだ食い下がって来た。

埒が明かない。こうなったら聖女様も連れて――、と最悪の選択を取ろうとしたとき、ふぁさっ、と私の身体に柔らかな布の感触が被さった。

「シスター・アリシアの面倒は私にお任せください。勇者・エルシオン殿。聖堂内に潜んでいる者がいたとしても、この身に代えても御守りいたしましょう？」

「ファーザー・カロル……」

先程まで聖女様に事情を伺っていたカロル神父が私を後ろから支え、自分の上着を掛けてくれていたのだ。

「なぁに、魔術の修行に没頭するあまり、気絶しそうになったこの子を良くこうやって部屋まで運んだものです。ご安心を」

「……では、お願いします」

渋々と、流石のシオンもそこまで言われてしまっては任せるしかないと諦め、伏し目がちにこちらを窺いながらも聖女の下へと向かってくれた。

「では、シスター・アリシア？」

「……ありがとう、ございます……」

返答は、懐かしい笑みで返された。

とぼとぼと、おぼつかない足取りで廊下を歩きつつ、そう言えば未熟な頃はいつもこんな風に孤児院の廊下を歩かされたっけ、と思い出していた。

裏山で、人の目を盗んで祈祷術や魔術を乱発しては魔力切れになってへたり込み、動けなくなった私を無理やり歩かせて。

「……一度だって、おぶって下さったことはなかったですね」

「ええ、自らの失態を自覚させるにはその身で刻んで頂くことが、最良ですからな？」

口を酸っぱくして言われたものだ。

「身の丈に合わぬ行いは、何れその身に返って来るものだ」と。

「随分と無茶をしたものだ。……その右腕、治りきってはいないのだろう？」

見抜かれ、流石の観察眼だと感服する他ない。

「骨は繋いでありますが、流石に全て治すとなると気絶してしまいそうだったので……」

「長旅の影響か、……到着してその日のうちに護衛になど付かせず、一日休んで仕事に当たって貰うべきだったね。本当にすまない事をした……」

「神父のミスではございませんよ。これは私の……、自己管理の問題です」

少なくとも獣化の症状さえもう少し早く把握出来ていれば事情が違った。

もしくは経典を奪われてさえいなければ――、「……カロル神父。ここだけの、内密の話と言う前提でお伺いしたいのですが」「何かね？」周りに目を配った。

他に人気はなく、おおよそ殆どの人員が裏庭の処理に集まっているのだろう。いまならば盗み聞きされる事もないだろうと声を低くしながら私は尋ねる。

「教会内に、魔族が潜んでいるという話は本当なのですか」

「……何処でその話を？」

「とある情報筋からの告白です。半信半疑――、……そのような事があり得るのかと疑ってはいるのですが、本当にそんなことがあるのであれば、様々な事情が異なって見えてきますので」

勇者暗殺。

元魔王軍の襲撃。

それらが全て〝教会内に潜んだ魔族の手引き〟によるものだとしたら――。

「……何か、ご存知なのですね」

沈黙は雄弁だ。

下手に誤魔化す以上の事を教えてくれる。

「人と魔族の、根本的な違いを、君は知っているかね」

「魔力量の違い。言ってしまえば魔力を生み出す〝器官〟が魔族は人間よりも多い」

「正解だ。悪魔憑きと呼ばれる子らが人には備わっていない身体的特徴を持って生まれるように、魔族は人間には存在しない身体的構造を持つ。分かりやすく獣の身体であったり、翼だったりと言う事が多い。……多いとされている」

肩で息をしながらも身体の自由は神父に任せて、朦朧とする頭で私は思考に集中する。

言葉を選び、禁忌とされている部分に触れる事無く伝えようとしてくれている恩師の導く先を手繰ろうとした。

「聖女様は悪魔憑きの子らからその特徴を切り取り、人の子として、自信を持って生きられるように送り出しておるのだよ。取り除くにしても限度はあるそうなのだが、それは不可能ではないからと言っていたよ。表向きには〝処分した〟という事にして、口裏を合わせて欲しいとね、ここに就任して来たその日に打ち明けて下さった」

全ては生きとし生ける子供達の為に。

彼らが明日という一日へ踏み出せるように、願っての事らしい。

「その事を教皇様は……？」

カロル神父は少しだけ困ったような笑みを向けて来た。

「ご存じだとは、思うがね。あのお方は我々の決定に対してあまり干渉してこないから」

「……そうですか」

「救える命が大いに越したことはない。……だが、教会の暗部にはあまり深く踏み入らない事だ。勉強熱心な君には魅力的に見えるのかもしれないが、私はこれからも君の成長を見届けて居たい。危ない橋を自ら進んで渡るようなマネは避けて欲しいのだよ。老人の、我が儘だと思うだろうがね？」

「私は自慢の教え子ですか？」

そう尋ねるとたとえ自らの目の届く範囲ではなくとも、その活躍を耳にするだけで嬉しくなるものなのだと神父は笑った。

――そこから先は、どうにも思考が曖昧で、上の空だった。曖昧に返答して、ふらふらと当てがわれた部屋へと入っていくと「今日はもう、お休みなさい」と扉を閉められる。

「はぁ……」

服を脱ぎ捨て、身体に傷が残っていない事を確認してからベッドの上に倒れ込んだ。

神父はああいってくれたが隙を縫って聖女へと迫った影が気になる。

アレが昨晩の暗殺者だとしたら護衛対象の傍にいるのは私の仕事だ。

行かねばならないと、分かってはいるのだが、……身体に力が入らない。

寝不足と疲労と、どう処理して良いのか分からない情報が溢れて瞼が重い——。

「……立派な花嫁……か……」

疲労の一部に、少なからずカロル神父への後ろめたさもあった。

花嫁として神仕えすることを信じて送り出してくれた育ての親に、私が人殺しとして職務に邁進しているとは口を裂けても言えない。

その上、保留中とはいえ勇者暗殺の神託を下されているなんてとてもとても。

「なんかもぅ……、——疲れた……」

布団に顔を埋め、瞼が閉じるままに身を任せると良い感じに疲労感が眠気を持って来てくれて、柔らかいシーツの温もりも相まってずぶずぶと、意識が眠りの淵に落ちていく。

このまま眠ってしまっても、あの人の管理下でなら上手く取り計らってくれるのだろうという嫌な計算を頭の中で済ませたのは悪い癖だ。

「　花嫁とはあるまじき格好だネ、シスター・アリシァ？　」

ぎょっと、身体が強張ると同時に反射的に声のした方向へ向かって枕を投げていた。

次いで今持てる全力で枕下に隠してあったナイフを投擲するとシーツを身体に寄せ、身構えて目をやった。枕越しに貫通したナイフは枕をじんわりと紅く染め、〝ナイフで枕を手に縫い付けられた侵入者〟は気持ち悪い笑みを浮かべて顔を覗かせる。

「殺す気かい？」「殺す気ですよ。そのまま落ちて死ねばよかったのに」

漆黒の神官服に身を包んだ狂信者が窓枠に乗っていた。

異端の狂信者・異端審問官のカームは悪びれる様子もなく、窓枠に腰を下ろすと突き刺さったナイフを抜き取り、紅く染まった枕を外に投げ捨てて微笑み返す。

「壮健そうで何よりダ。神々も喜んでおられるヨ？」

「花嫁の自室に神父が入り込んではいけないと、神々は仰っておられませんか……？」

あと、窓から侵入したら極刑ですよ、だとか。

「なるほど。気が立っているようだネ？　深呼吸をすると良い。ここは実に心地好ィ」

聞いちゃいねぇこのクソ異端者ッ……!!

胸元まで手繰り寄せたシーツを握り、悲鳴を上げればシオンは助けに来てくれるかも知れないと本気で悩んだのだが、「で、なんなんですか……」用件があるのならさっさと済ませて帰って貰う事にした。此奴相手にまともにやり合う必要も無いだろう。

「サラマンリウス枢機卿からの伝言だ。『仕事に集中したいから暫くは連絡してこないで欲しい』だそうダ？」

「ああ、そーですか」

どーせ連絡入れても迷惑そうにされるだけですから、そんなのこっちから願い下げだ。

「随分と、不貞腐れているのだネ。シスター・アリシア？」

「…………」

近づいた声に視線を向ければすぐそこに顔があった。

普段なら殴り飛ばしている所だが、いまはそんな体力すら惜しいので許容した。

「不貞腐れてなんて、何も……」

「シスタァー。神々に嘘は通用しないのだよ。その声を聴く僕の前でも、ネ？」

……だとしても、この狂信者に愚痴を吐き出すぐらいなら誰だって墓場にまで持っていくだろう。

「良いかい。シスター・アリシア。君は素晴らしい人間だ。他に類を見ない、神々に愛されし存在と言っても良いだろう」「…………」

正直、興味ない。聞き流す。聞き流すつもりでいた。しかし口の端を吊り上げ、悠々と語るカームの言葉は不思議と耳の奥にまで入り込んで来る。

「君は君だ。シスター。聖女ではない」

「知って、いますよ……それぐらい……」

言い返そうと、身体を起こす。私は花嫁であって聖女ではない。

睨むがカームは神託者気取りで続けた。

「全と一。善と悪。それらを区別しようとする事こそが悪法なのだよ。全ては御心のまま、全ては神々のお導きがままに――、」ふっと、指先が伸びて来たかと思えば、それは私の耳に触れ、カームの悪魔のような囁きが入り込んで来る。

「――君は君のしたい様にすればいい」

全身を悪寒が走り抜けた。――なのに、腕を振り払う事すら出来ない。部屋の中に差し込んだ光を背に受け、全身を黒く染め上げた狂気をただ私は見つめる。

「ボクは君の味方ダ」

きっと何を言ってもこの男には無駄なのだろう。

狂人は自分の望むがままに生き、人の迷惑など省みることはない。

「……お気持ちだけ、受け取っておきます」「うむ？」

悪意はない。カームにとって悪行とは神々に背く行為であり、この男の語る〝神々〟に背かない限りは敵意を向けてくることはないのだ。

「連絡先を、登録して置いたヨ。何かあれば呼んでくれたまえ♪」

はっとして耳元のピアスに触れるとカームはニコニコと目を細めて揺れた。

「これで君の言葉も聞く事が出来る」

カームの耳元に真新しいピアスが光っていた。大方クソ眼鏡が貸し与えたのだろう。

「どうしてそこまで……」

これは貴重な道具で、そう易々と人に貸し与えるようなものでもない。

まさかクソ眼鏡側にも何らかのトラブルが……？

「では、しばらくはこの街に滞在するつもりだから♪」

「あ、ちょ、ちょっと待って！」

身を翻し、窓枠に足を掛けて再びそこから出て行こうとするカームに、思わず私は声を掛けていた。

確かにこの男は理解不能だ。しかし、それでも、その神々の声とやらが導く狂信者を教会が有益として見ているのであれば、その力は本物だ。

「──聖女の事を、どう思いますか」

カームは私の問い掛けに〝答えない〟事はあっても〝応えない〟事はない。

信頼している訳ではない。信用している訳でも。

──それでも、この男に聞こえる内なる声は、真相を見抜くだろうし、この男が魔族側ではないのはこれまでの行動からも明らかだ。

「人の心のうちに自らの答えを求めようとするのは愚か者のする事さ、シスター？」

窓から身を乗り出し、いまにも飛び降りようとしていた漆黒の狂信者は首だけでこちらを振り返ると、目を細めて笑って見せる。

「神々は全てをお見通しダ」

そしてそのまま飛び降りて消えてしまった。

意味不明。答えにもなっていない。

やはり最初から聞かなければ良かった。

「あーっ……」

後を追う気は起きず、そのままもう一度ベッドの上に倒れ込んで天井を見上げる。

「……カームに頼ろうとするとか、マジ最悪……」

思っている以上に私は疲れているし弱っているのだと自覚した所で軽く瞼を閉じた。

早くシオンの下に戻らなければならないのは分かっているが、身体が動かない。

少しだけ眠ってから戻っても罰は当たらないだろう。

「すみません、シオン……」

奇しくも本当にか弱く儚い花嫁になってしまっている事を詫びつつ眠りに落ちた。

――懐かしい夢を、見たような気がした。


孤児院時代、私の胸の内には常に雪原の光景があった。

独り、見知らぬ地で神々に見放されれば生きていくすべを持たない子供。

そんな私に、カロル神父は様々な祈祷術とこの世界での生き方を教えてくれた。

まるで、失った過去(ルーツ)を穴埋め(あなう)するかのように、曖昧になっていた自分と世界と境界線を明確に定めて行くかのように、彼は、私を導いてくれた。

神々の名の下に、出来る限り多くの人々を救い、守る、そんな神々の代行者を目指し、賜(たまわ)った。神々の花嫁としての役割を、花嫁としての地位を。

結局の所、私は自分が何処の誰で、どうして雪原を独り歩いていたのかを思い出す事は叶(かな)わなかったけれど、少なくとも、彼の教えによって救われたのは事実だ。

現実と理想が違う事を知ったいまとなっては、幼き日に抱いた、恥(は)ずかしくて人に話す事の出来ない思い出でしかないのだけど、あの日、枢機卿が私を迎えに来た時は信じられなかったし、誇(ほこ)らしかった。

私はスノーウェル孤児院の名に恥じぬ花嫁になるのだと、誓(ちか)ったものだ。

だから、……あの日抱いた夢は現実で、掛(か)け替(が)えのない私の過去だった。

その恩師に今の姿を見せることが恥ずべきものであるように感じるほどには。

――それから数日間、これと言った事件は起きなかった。

いつあの監死者と名乗った暗殺者が襲って来ても対応できるよう気を張っていたのだが、視線を感じるような事もなく、ただ、のんびりとした時間だけが流れていった。

時折街に出向き、住民と交流する聖女を見守り、孤児院の子供らに揉みくちゃにされた。

到着当初の慌ただしさが嘘のようだった。

もしかすると悪魔憑きの襲撃を受け、ピンチに陥っても尚、自らは手出ししようとしなかった聖女が魔族ではないと判断したのかもしれない。

姿を見る事も、気配を感じる事も出来なくなった暗殺者に、そのうち他の地域で新たな被害者が出たとか報告が入って来るのではないかなどと考え始めていた頃、先に聖女の護衛へと出向いていたはずのシオンが慌てた様子で部屋へと戻って来た。

ノックをする事もなく、まだ着替えの済んでいない私の下へ、息を切らして駆け寄って来ると肩を掴み、額に汗を滲ませて、――何度かの深呼吸を繰り返してから報告する。

大聖堂の管理者、カロル・スノーウェル神父が何者かによって暗殺されたと。

＊　＊　＊　＊　＊　＊　＊　＊　＊

「ざまァねーな……？」

最後まで命乞いの一つもしなかった死体を踏みつけて、俺は悪態を吐く。抵抗の一つもなく、為されるがまま嬲られたクソのせいで気分は最悪だった。

下等生物だとか、地獄で呪ってやるだとか、貧しいボキャブラリーで罵り、いよいよ本当に命を奪われる段階になってようやく命乞いを始める奴等なら飽きるほど見て来た。見るに耐えない無様な死に顔を晒し、そう言った奴等を嘲笑うのは気分が良く、俺は正しい事をしているのだと実感できた。

――なのに、なんなんだ、此奴等は。

善人面した悪人が善人のまま死んでいけば、冒されるのは俺の心の方だ。

血が沸き立ち、歓喜に身が震えるような嬌声を上げさせて欲しかった。

不愉快だ。最悪だ。聖職者気取りの、殺人鬼共が「分かって欲しい」だの、「分かり合えるはずです」だの、綺麗事ばかり並べる様には反吐が出る。

無抵抗ともいえるそんな様に俺はより苛立って、――だからその化けの皮を剥がしてやろうと躍起になった。

しかし、どいつもこいつも、最期まで聖人を演じる事こそが俺への抵抗になるとでも思っているかのように、哀しい目で、俺の方が不幸みたいな目で見やがる。

殺しても殺しても、心は晴れなかった。曇る一方だった。

人間の事を虫けら以下の存在に見ている癖に俺達の事を憐れむような視線を向けるその目が、自分達が常に優位に立っているのだと思っているその顔がムカついた。

魔族は人類の敵だ。——敵でなければならない。

奴等は残忍で、人を家畜以下の生き物としか思っていない存在なのだと身を以て知った。

だから、殺して、殺し尽くさねばならないのだ。

この世の為に。子供達が、笑顔で暮らせるようにする為に。

だけど——、この世には、余りにも悪が多すぎる。

殺しても殺しても殺しても、殺し尽くすまで、あと一体何年——……。

……いや、考えるだけ、無駄だった。

足を止めている間にも奴らが人の命を奪い続けるだろう。

だから例えそれが、ヒトの身では叶わぬ夢だとしても、わたしは。

＊　＊　＊　＊　＊　＊　＊　＊　＊

カロル・スノーウェル神父の葬儀は聖女・ネヴィッサ・ヴェルナリアによって丁重に執り行われた。

鈴の音と共に捧げられた祈りの言葉は、天に昇る魂が、迷う事無くあの世に辿り着けるように神々の祝福を求めるものだ。

参列者の持ち寄った蝋燭に灯された光が、彼女の言葉によって生み出された光と交わって、幻想的な雰囲気を作り出している。

彼の死体は大聖堂のステンドグラスに張り付くようにして散らばっていた。

朝の礼拝に訪れた神父達が扉を開けた途端、違和感に気付き、血の匂いに見上げてみれば大惨事……、との事らしい。余りにも無残な殺害方法に誰もが言葉を失い、シオンに呼ばれて駆けつけた私ですら思わず口を手で覆った程だ。

生きながらに弄ばれたのか、それとも死して尚、その狂気の犠牲となったのか。ヒトの悪意とは、これ程にまで人を非情にさせるものかと一同が嫌悪するのが分かった。

死体を前にして、すっと心が冷えていくのが手に取るように分かった。

調査は私が行った。他の神官達は突然の別れに戸惑い、動けなくなっていたから。

4

ただ、……分かり切っていた事だが、襲撃者に関する手掛かりを見つける事も、その足取りを掴む事も、私には出来なかった。

身体を影のように自在に変化させ、暗闇の中を好きに移動する暗殺者、ヴェール・クロイツェン。身元も割れていない以上、動機も不明。そもそも闇の中に潜む影が凶器であるのなら、それを見つけ出す事など、不可能なのだろう。

何も出て来ないのなら……と、仕方なく、遺体を片付け、聖域たる聖堂内を元通りにする運びとなった。砕かれたステンドグラスは彼の臓物が酷く交じり、修復は不可能かと思われたが、聖女付きの修道女・ロリアが涙を滲ませながらも志願してくれて、私は任せることにした。元々の形を良く知らない私に直す事は不可能だったし、彼女なりにカロル神父へのせめてもの弔いにもなるだろうから。

しかし、何故――。

粛々と進められる送りの儀を眺めながら思う。

カロル・スノーウェルは決して魔族などではない。その生涯を辿れば足取りを追う事が出来るほどに、片田舎で生まれ、流行り病で家族を失った経歴を持つただの人間だ。

私の知らぬ顔があったと言われてはどうしようもないが、絶える事無く訪れる参列者を見ていると決して人に疎まれるような人物ではなかったと言える。

「生まれが確かなら、七大枢機卿に推されて然るべき」と言うのは何も身内贔屓の発言でも無かったのだ。どれほど彼が人々に愛されていたのか、どれほどの人たちが彼によって救われて来たのか。

私もまた、そのうちの一人だというのに。

「ッ……」

私がもっと目を光らせておくべきだった。

気を緩めるべきではなかった。あの時、この身体がどうなろうとも裏庭でヴェール・クロイツェンを取り押さえ、殺しておくべきだったのだ。

輪郭も確かでない頭で聖堂を離れ、私は敷地内の離れに設けられた地下牢へと足を運んでいた。外で起きた事情など聞き及んでいないだろうが、突如現れたあの日の花嫁に悪魔憑きらが向ける視線は獣の其れだ。

「皆さんに罪はありませんが、ご協力頂ければ幸いです」

聖騎士達による尋問は形だけであったと聞いている。

襲撃による死者が出ていない事もあり、聖女様の御慈悲によって極刑は免れていた。

月に一度、極東の島国からやって来るという船に乗せて国外追放される予定らしいので放っておいたのだが、事情が変わった。

ここにあるのは唯一あの暗殺者に繋がる手掛かりだ。

「あなた方を聖堂内に手引きした者がいる事は調べて分かっております。その者が監死者、ヴェール・クロイツェンと名乗る危険人物であるという事も」

他にも影を操る不審者が潜んでいるのかもしれないが、だとしても第一容疑者は奴だ。

「彼、もしくは彼女が何者なのか、どういった能力を有しているのかをお答えください。これは取引ではありません。強制です」

不思議なもので普段以上に私は冷静で、考えも驚くほど纏まっていた。

次に私がなにをすべきなのか、どう行動すべきなのかを神様が教えてくれているかのように。心とは裏腹に、思考は冴えている。

「ええ、分かっております。皆さんの命の保証は聖女様が持つと言った。故に、私からの要望に応じる必要などない。引き換えにここから出してやるとでも言われない限りは」

然し、聖女の意思を無視して私が彼らをここから出すなどという事は不可能だ。

「なので、取引ではなく強制なのです。これは」

言って、面倒ながら一から組み上げていた術式を展開する。

生まれたのは薄暗い地下牢には不釣り合いな、巨大な火球で、「手短に参りましょう」

――それを身近な悪魔憑きへと放り投げた。

絶叫──。

地下牢に野太い悪魔憑きの悲鳴が鳴り響いた。

生きたままに焼かれる苦痛は想像を絶するものだろう。

「大丈夫。大丈夫。殺しはしませんので」

そして、祈る。それだけで全身を炎に包まれ、巨体の裸猿になりつつあった男は神々の寵愛によって身体の傷を癒されていく。赤黒く染まりつつあった皮膚はみるみるうちに元の浅黒い、焦げ茶色の毛に覆われ始め、「変換、吸収、分離、結合」追って走らせた術式によって失われ始めていた炎の勢いが蘇った。

二度目の絶叫は、一度目よりも切実なものに為った。

──喉を裂くような叫びが、耳障りだとも。

「な、な、なんなんだよお前ッ！」

リーダー格らしい犬面の男の顔には、焦りと恐怖がありありと浮かんでいた。

「私だってこんなことは不本意ですが……、お話頂く為には仕方のない事かと」

私に神々の声は聞こえないのだから、こうやって地道に、ヒトの心に尋ねる他無い。

「お答え頂けませんか？　監死者とは、あなた方を手引きした者は一体何者なのですか。奴はいま、何処にいるのですか」

「――――…………」焼け焦げた、猿みたいな男が力無く倒れ込む。

――私は片手間に祈りを捧げて身体を治してやった。

意識が朦朧としているのか、仲間の呼びかけにも曖昧に応え、全身の傷が治っても尚、その場で細かく痙攣して浅く息を繰り返しては震える。

そんな仲間の姿に流石の悪魔憑き達も思う所があったらしい。

尋問官達の質問を「クタバレ」で返し通したと聞いた時は肝の据わった連中だとは思ったが、神々の洗礼に触れればこんなものだろう。

「喉はまだ、潰しておりませんよ。さぁ――」言いながら再び術式を組み立てる。

収集、変換、圧縮。

空中に幾つかの水球が浮かび始めたのを見て、猫耳を生やした可愛い女の子が引き攣った声で私を罵る。

「教会の、異端審問官っ――……、血に汚れた、神々の奴隷っ……!!」

「だから何だって言うんです？」

ぱしゃーんと、檻をすり抜けていった〝硫酸の塊〟は彼女にぶつかると弾け、その皮膚を、肉を溶かした。

――焼き焦げるような痛みに悲鳴が鳴り響く。

露わになった白い骨がどうにもつやっぽくて、変な笑いが零れそうになる。

あまりの痛みに失禁したらしく、漂って来た匂いに新たな材料が手に入った事を知る。

「収集、変換」それらを術式で変換し、次弾を用意しながら祈りを捧げて猫耳少女を治しながら告げた。

「答えなさい。知っている事を、全部」

命を奪うつもりはない。

だが、見逃してやるつもりも無かった。

奴が、聖堂の何処かに潜んでいるのではないかと捜し回った。

恥を承知で声を発し、その名を呼んで気配も探った。

――しかし、見つからなかったのだ。その痕跡も、その〝匂い〟も。

「答えないと言うのであれば、やり方を変えるしかありません……」

例えば、保護され、医療棟で隔離されている悪魔憑きの子供達にご協力頂くとか――。

「……知らねぇよ……」

例の狼男が、呟いた。

「俺達はなんにも知らねぇよ!! 俺達は連れてかれた仲間を助けに来ただけだ!! アンタの言うヴェールなんとかって奴の事、知らねぇ!!」

「シュノエ……！」

「黙ってろ!! こいつ、イカれてやがるっ……!!」

「心外ですね。私は至って冷静ですし、狂ってもいません。真の狂人とは、会話すら成立しないんですもの」

あと、手が滑ったので足元に硫酸、投げつけて差し上げました。

「がっ、ぁあああああああああ」

「シュノエッ……！」

本当に――、肉の溶ける匂いはどうにも度し難い。天井付近に小さな換気口が付いているだけの地下室では特に、これ以上長居はしたくなかった。

「このッ……、教会の花嫁ッ……」

「否定はしませんってば。所詮、私は神々に花嫁として身を捧げる存在ですから」

こうなったらその両足を――……、……まぁ、悪魔憑きは人並み以上の回復力を持っているらしいのでまだいいかと頭を切り替え、「【天上の鎖】、【咎人の懺悔】」祈祷術を唱え、悪魔憑き達の身体を鎖と根で固定する。そして並列して走らせていた術式で鉄格子を幾つもの槍へと作り替えると、その矛先を囚人共に向ける。

「これから皆さんをこれで削り貫きます」

宣言と共に槍は甲高い音を立てて高速回転を始め、矛先を一人一人の、致命傷になり得ない部分へと近づけていく。

「殺しはしません。私はただ、教えて欲しいだけです」

悪魔憑き達の表情に、恐怖が滲む。

「あの人は、何処ですか」

互いが目を見合わせ、必死の形相で彼らは首を横に振る。

「……そうですか」

絶叫が、木霊した。

回転し、ゆっくりと近づいて来る先端から逃れるように身をよじり、悲鳴を上げる。

――見慣れた光景だ。

命の危機に面した者達は皆、それまでどれほど神々に背いていたとしても人ならざる存在に、奇跡に救いを求めるものだ。到底逃れられない現実であればあるほど、その現実から目を逸らそうとするかのように。

「なんとも愚かな事で」

何事も無ければ私が手を下す必要すらなかったでしょうに。――と、諦め、矛先を納めようとした矢先、突如鳴り響いた金属音がそれらを振り払った。

「…………」

私と悪魔憑き達の間に割って入って来たその人物は、肩で息をしながらも困惑しているようだったが、私の顔を見つめると表情を険しくし、牙を剥いた。

「なにやってるんだよ、アリシア!!」

「……シオン」

どうやら時間を掛け過ぎたらしい。

「式場からいなくなった私を捜してここまで?」

「そんなことを聞いてるんじゃない!」

事態が呑み込めないでいる悪魔憑き達は静まり返り、私はただシオンを見つめ返す。

この状況を見れば私がなにをしていたかなんて考えるまでもないでしょうに。

「仕事を、……カロル神父を弔う為にも私は、」「そうじゃなくて!!」

乱暴に、これまでどれほど緊迫していた場面でもそんな風には私の肩を掴まなかったシオンが、驚きと焦りに満ちた瞳で私を覗き込み、言葉なく口を歪ませる。

「……分かってるでしょ、こんなことしたって神父さんは帰って来ないし、アリシアだって、」「私が、なんなんですか」

シオンの言いたいことぐらい分かる。

だけど、これは、八つ当たりなんかじゃない。

「教会内で多発していた暗殺事件。それらを行っているのはあの影です。この人たちの襲撃時、貴方も相対したでしょう。姿形を変える影。私達がどれほど捜した所でその足跡すら見つける事の出来なかったアレが、私達の敵です。あの影が――」「アリシア!!」

強く。悔しそうに歯を食いしばったシオンが懇願するような目で見つめ返していた。

「お願いだから……自分を見失っちゃ駄目だ……」

本当に、この子は私に何を見ているというのだろうか。

頭の中で鈴の音が鳴り響いているような気がした。死者を弔う鈴の音が。

「シオン。冷静になるべきなのは貴方の方です」

必死に訴えかけてくるシオンとは対照的に私は冷静だった。

「手掛かりは彼らだけなのです。彼らを奴が手引きしたのは間違いありません。なんの打ち合わせも無しにタイミングを合わせる事など出来はしませんから、必ず何らかの連絡手段が――」ぱんっ、と、突然視界が揺らいだ。

「……？　シオン……？」

「っ……」

じんわりと広がる熱に、手で頬を打たれたのだと分かった。

「いつ、何処に潜んでいるかも分からない相手なんだッ……、秘密の会合の場に居合わせたっておかしくないだろ……⁉　アリシアだって言ってたじゃないかッ、『私でも姿を捉えることは出来ませんでした』って……！　そんな相手に盗み聞きされてたのなら彼らにはどうしようもないし、裏で繋がってるんならこの人達を放置する訳が無い……！　足がつくからって始末するハズだ……！　どうして分かんないんだよ……⁉　アリシアがあのまま続けてたら――、この人たちの事、殺してたかもしれないのにッ……！」

……殺してしまっていたら、なんだというのだろうか。

「シオン、私は――」「飲み込まれちゃ駄目だッ……、自分を強く持って……！」

悪い夢でも、見ているようだった。

今更になって痛みを主張し始めた頰にこれが現実なのだと思い知らされ、目の前のシオンをただ茫然と見つめ返す。

「私は、別に……」

音を立てる事無く悪魔憑きの面々を縛っていた鎖や根が消え、手枷が地に落ちて鈍い音を立てた。何を言う訳でも無く、何を言うべきかも浮かんではこない。

……違う。私は異端審問官で、執行官で、殺し屋だ。

別に、彼らを殺したからと言って、「アリシアッ……」シオンが、私を見ていた。

真っすぐに、私を、「……――シオンが、私の一体何を……」

余計な事を、言おうとしている。その実感はあったが真っすぐに睨みつけてくる目を見ていると、言わずにはいられなかった。――が、「そのような事は、仰らないでください。決して、どうか、……どうか」

静寂（せいじゃく）の中、鈴の音と共に、声が響いた。見上げれば、聖女の姿があった。彼女は階段を下り、私とシオンの間を割って通ると、悪魔憑（あくまつ）き達の下（もと）で膝（ひざ）を突（つ）くと、傷を治し始める。優（やさ）しい言葉を掛けながら、心の傷までも治そうとするかのように。

そんな聖女の事を悪魔憑き達は茫然と、見つめ返していた。

地獄に差し込んだ、一筋の光に救いを見い出す様に。

「……罪は、甘（あま）んじて受けます」

「アリシア！」

これ以上、見ては、いられなかった。

立ち去る私をシオンは止めようとしたが、追いかけては来ない。

このような状況で聖女をただ一人、悪魔憑き達の下（もと）に残して行く危険性が分かっているのだろう。どれ程感情的になっていたとしても、根の所では命のやり取りの中に身を置く傭兵（ようへい）なのだ。

裏庭を抜け、身を隠すようにして建物の裏側を行く。

窓越しに、式が終わっても尚、その場に留まり、悲しみに暮れる人々の姿が見えた。

込み上げてくる感情を喉元で押し戻した。目じりにきゅっと力を込める。

私は、……間違っていない。間違っていないはずだ。

私は至って普通に冷静で、落ち着いている。

その思考に淀みはないし身体の不調ももう殆ど残っていない。

大丈夫、確かに私は少し乱暴だったかもしれないけど、これが仕事なのだ。

「私は、……私は……？」

建物の影に身を預けて少しだけ呼吸を整える。——突然、寒気が込み上げて来た。

その場にしゃがみ込み、思わず膝を抱き、食いしばった歯を震わせた。

私は——、どうしてっ……？

何も怯える必要などないし、彼が死んだところで私の生活に影響などない。

そもそも孤児院を出てから連絡すら取り合っていなかったような相手だ、そのような人が殺されたからと言って私には何の影響もない。

「何もっ……、変わらない、ハズなのにッ……」思わず零れた涙を、慌てて拭った。

両手で顔を覆って、ぐっと感情を押し戻した。

悲しんでいる時間などない。いまこうしている間にもあの暗殺者は次の標的を狙い定めているのだから、私には、やるべきことがあるッ……。

「魔族か人間かなんて、関係ないんだ……」

奴はカームと同じく、自分の中の信仰に生きる狂信者だ。

そこに筋が通っているのかは当人にしか分からず、たとえ見当違いの、全く論理的でない理由で行動していたとしても、奴等にとってはそれこそが真実であり、真理だ。

同じ人間だと思ってはいけない。奴等は人間の輪から弾き出た〝異端者〟だ。

「異端殺しは、私の仕事……」

ぐっと奥歯を噛み締めた。

感情と共に込み上げて来た記憶に蓋をし、二本の足で、しっかりと地面を踏みしめて、視界の何処かに奴が潜んでいるのであればいま、ここで殺してやれるのに、と睨んだ。

……そう都合よく、暗殺者の影を見つけることは出来なかったのだけど。

「あら、貴方は――」そう言って声を掛けられたのは表通り沿いの井戸で顔を洗い、気持ちを入れ替えていた時の事だった。

情報収集に出掛けるにしても腫れぼったい顔では舐められると思ったのだが、案の定私の顔を見るなりその初老のシスターは心配そうな顔でこちらに近づいてきた。

「こんにちは。……大変だったわね。彼の遺体、貴方が綺麗に整えてくれたんですって？
ありがとう」
「いえ……、仕事、でしたので……」
ぺこり、と齢の割にスッと下げられた頭に答えつつ、何処かで見たような顔だと記憶を
探っていたのだけれど、そんな私を見てシスター・テレサは頬を緩めた。
「あらあら、ごめんなさいねぇ？　シスター・テレサよ。この街の孤児院長をさせて頂い
ているわ？」
ああ……、とそこで記憶の線が繋がった。
聖女と共に訪れた孤児院で何度か顔を合わせた事がある。勝手に孤児院を抜け出し、大
聖堂まで遊びに来た子供らを迎えに来たのもこの人だったはずだ。
「少し、お話良いかしら？　彼とは、……カロル神父とは長い付き合いでね。もし自分に
何かあれば貴方の事をよろしく頼むってこの間言われて……」
込み上げて来たものがあるのだろう。「ごめんなさい――……、」とそのまま言葉を滲ま
せ、取り出したハンカチで目頭を押さえてシスターは暫くの間黙り込む。
「……座りましょうか。私も、……これと言って当てがある訳ではございませんので」
言って連れ添い、大聖堂入り口からは少し離れた木陰のベンチに腰を下ろした。

「ごめんなさいねぇ……？　あなたの方がお辛いだろうに……」

「……いえ、私は——……」……神父にとっての何だったのだろう。

私にとってあの人は孤児院の院長で、先生で、悪さをしたと聞きつけるや否や拳骨を落とすような暴力神父だった。

「いつも、……拳骨を落とされていました」

その事を告げると初老のシスター、……シスター・テレサはほろ苦い思い出にでも触れたかのように笑った。

「私も彼も同じ孤児院出身でね、……やんちゃだったのよ？　年老いてからは随分と落ち着いてしまわれたけれど、『俺を叱れるのは神様だけだ』とか言って指導係の神父さん達を困らせたりして……」

意外だった。

私の記憶の中の彼は確かに叱る時は怖かったが、それ以外の場所ではいつもニコニコと、優しく微笑んでばかりいたから……。

「以前ね、こちらまで出向いた時に、彼に頼まれたのよ。『今度私の教え子がこちらにやって来るから、もしもの事があれば彼女の事を見てやってくれ』って」

記憶を辿るシスターの面持ちは穏やかだった。

目を細め、故人を思い浮かべ、優しい笑みを浮かべる。

「その時は何を言っているのかと思ったけれど……、年の功なのかしらね。こうなる事はなんとなく分かっていたんじゃないかしら……？　ここの管理を任されるようになってからは教会の内外からも圧力があって大変だと、柄にもなくぼやいていたから……」

「カロル神父が……？　身の危険を……？」

「そう珍しい事でもないのよ。内々に処理されてはいたけれど、本部勤めの神父やシスターが何者かに殺害されるっていう事件は時々起きていたから……。聖都エルディアスの、それもこの大聖堂の管理を任されるとなると、そういう〝暗い部分〟との付き合いもしなくちゃならなくなる。彼の事だからうまく切り抜けるだろうと思っていたのだけど、」

うっ、と言葉の途中で再び込み上げて来たらしい涙に再び瞼を押さえ、私は姿に彼女の背中をさすってあげたが「大丈夫、平気よ……？」とシスター・テレサは無理やりに笑みを作った。

背筋を正し、一息呼吸を整えてから彼女は私に向き直る。

「復讐しようとなんて、考えては駄目よ？　それは貴方の歩む道ではないわ。アリシア・スノーウェル」

じっと揺らぎの無い瞳で私の目を見つめ、彼女は続けた。

「貴方のように若くて優秀で、信念を持った子供達を数多く見て来たわ？　……でもね、だからこそ、貴方の力は人々を救う為に使うべきよ。自らの怒りの為に力を振るった途端、その想いは穢れ、貴方の道行きを悪い方向へと決定づけてしまうから……」

両の手で私の手を握り、シスター・テレサは柔らかく笑って見せた。

「あの人も、それを望んでいたわ……？　貴方の事を〝とても優しい子〟だと自慢していたから……」

ぎゅっと、胸の内が締め付けられる感覚があって、押し留めていたはずの思い出が、感情が涙となって溢れ出して、一度溢れ出したそれらはもう、止めることが出来なかった。

「わたしっ……、わたしはッ……、」「良いのよ。泣いて。泣いていいの」

そっと抱き寄せられ、その温かさに、――私は、泣いた。

声を上げ、帰っていく参列者の目など気にすることなく、ただ感情の赴くままに。


「……すみません」

「良いのよ。老人の役目なんて、そう多くはないんだから」

どれほどそうしていたのだろう……？　ひとしきり泣き疲れ、ようやく気持ちが落ち着いてきた頃には日が少しだけ傾き始めていた。

「あの人もねぇ……。余計な心配を掛けたくなかったのだとは思うけど、こうなってしまうのなら、相談ぐらい、して欲しかったわよねぇ？」

私を元気づけようとしてくれているのだろう。少し、明るい調子でテレサは告げる。

孤児院の長を引き受けているだけあって子供の扱いには慣れているのだろうと思う反面、「私はもう子供じゃないのに」と少しだけ反感を覚えて、そこでようやく正常な判断が出来る様になって来たのだと自覚した。

シオンにはああ言ったけれど、視界が狭まっていたのだ。後で謝らなければなるまい。

「はーっ……」

肩の力を抜いて、一端頭の中を空っぽにした。

取り乱してしまった。こんな失態は久しぶりだ。

監禁中の悪魔憑き達に身体的負傷は見つからないだろうから、私に処罰が下されるかどうかは聖女の報告次第だろうが――、「……まぁ、それでこの仕事から外されるのなら、それはそれで……」シオン一人に聖女の護衛を任せて、私は一度クソ眼鏡の所に戻っても良いのかもしれない。

流石に大聖堂の管理者が暗殺されたとなれば、聖女の自室に男性を送り込む事を拒んでいた〝保守派〟も黙り込むだろう。

そうなれば勇者・エルシオンは聖女・ネヴィッサと寝食を共にし、護衛に当たる事になる。流石の監死者サマでもそんな厳戒態勢の下、聖女を襲うのは不可能だろうし、気配を探れないとはいえ、シオンがヘマをするとも思えない。

そもそも、シオンですら防げない襲撃を他の者が防げるとは思えないし、それに――、

「……そろそろ教皇猊下もお戻りになられる」

どれぐらいのペースで巡礼の旅が進んでいるのかは知る由も無いが、予定ではあと十日もしない内に王都へと立ち寄ってから戻られるはずだ。

そうなれば聖都内の警備は元通り。

私達のするべきことは無くなる。

「憎くない、と言ったらウソにはなりますが……」

あくまでも私の仕事は暗殺者の調査で可能であれば生け捕りという御命令だ。

無駄に危険を冒して踏み込む必要もない。

「……私はね、お世辞にも頭の良い方ではなかったのだけど、この世の生きとし生けるもの、その出会いと別れに意味を生み出すのは神々ではなく、人々の方なのだと思ってこれまで生きて来たわ?」

私の考えが纏まるのを待ってくれていたらしいテレサがゆっくりと口を開いた。

「だからきっと、この別れにも意味を見出したいと思うの。それが彼にここの管理職を譲った私の責任でもあるし、あの人の生きた意味を継いでいく事にもなるだろうから……」

　空を見上げる横顔には深く皺が刻まれ、それらはきっと彼女の歩んできた時の長さでもあった。

　見上げた先の空は深まった秋の色を深く映し、高く、遠い。

　魂は空に昇っていくと教えられてはいるけれど、神様が存在しないように、魂なんてものもこの世界には存在しない。

　死して生者を見守る者など在りはしないが、それでも、死して胸の内に残る思い出に報いようとするのは歴史と言うものを有する人間の特徴なのかもしれない。

「すみません。取り乱してしまって、今日は、助かりました」

　そろそろ孤児院に戻らなければならないというシスターを門まで見送り、頭を下げると「良いのよ。私も彼を良く知る人物と話せてよかったわ?」と明るく笑ってくれた。

　恥を晒したという負い目はあったが、この人が孤児院の院長と言う立場であるのが幸いしてか不思議とそこまで恥ずかしさは感じなかった。

　寧ろ子供の頃に戻ったかのような安堵感すら覚え、自然と気持ちが軽くなる。

「後はこれで、あの子が少しでも考えを改めてくれれば良いのだけど……」

話は終わったものだと、後はこの初老のシスターを見送り、部屋に戻ってシオンにどう謝罪すべきかと頭を巡らせていたのだが唐突に聞こえて来た言葉に何かが引っ掛かり、思わず聞き返した、

「あの子とは？」

「ああっ……、ごめんなさいね？　独り言だったのだけど、聞こえていたかしら……」

「いえ、そうではなくて……」

なんだろう。何か、こう、何かがいま——、「……ネヴィッサ・ヴェルナリア……？」

口をついて出た言葉にシスターは驚いたような顔で私を見て、そっと距離を詰める。まるでその名を口にした事を他の誰かに聞かれでもしたら咎められるとでも言った顔で。

「どうして……？」

「カロル神父にも、同じような事を言われたので……。聖女様を、導いて差し上げなさい、と。なにかこう……、欠陥を抱えていらっしゃるようには思えなかったので何をおっしゃっているのだろうと不思議に思っていたのですが……」

「そう……、なのね……？」

弁明している間にもみるみるうちにテレサの表情は強張り、哀れとも、後悔とも取る事の出来ない、不思議な目で私を見ていた。

そうして遠慮がちに、周囲の目を気にしながらも彼女は囁く。

「あまり大きな声では言えないのだけど――、」

まるで姿を見る事の出来ない何者かが聞き耳を立てている事を知っているかのように。

「彼は、ずっとその事を気に掛けていた。悲劇を忘れる事で乗り越える事が出来たとしても、それは所詮、その場しのぎにしかならないからって」

目を逸らし、知らぬふりをしても、過去は必ず自分に追いついて来るものなのだと、初老のシスターは告げると私の頬にそっと触れ、柔らかな笑みを浮かべた。

「人を救うというのも、……難しいものね……？」

灯り始めた街灯りに照らされる通りを、静かに彼女は自らの孤児院へと帰っていく。

その後ろ姿はとても寂し気で、孤独に思えてならなかった。

「一体、何を……」言われたのだろうか。

頭では理解できていない其れは――、「…………」しかし、心の内では、とうに分かり切っていた事実のように渦を巻き始めていた。

聖女と、暗殺者。神々と、魔族。

振り返り、聳え立つ大聖堂を見上げて思う。

まるでここは、悪魔の住まう居城のようでもあると。

夜遅く、自室に戻った私をシオンは出迎えなかった。……と言うよりも、シオンは部屋にいなかった。机の上に「聖女様の傍で護衛する」とだけ書き残されていて少しだけ複雑な想いが込み上げて来たのだけど、間違っているのは私の方だ。

そのまま地下牢へと向かう。

半日、港へと足を運んで、船着き場で聖女が悪魔憑き達を輸送するのに使っているという業者の話を聞いて回った。

経典を持ち合わせていないので身元の証明をするのに手こずるかと思いきや、流石は教皇様のおられる聖都のお膝元。神官服で出歩いているだけで人々は快く受け答えしてくれて、その船業者を見つけるのに苦労はしなかった。

教会お抱えの、海運業を生業とする良く知られた一団で、月に一度、教会に連れ込まれた悪魔憑きの一行を北東の街へと輸送する仕事も請け負っていると言っていた。

ただ、元々は僻地への〝追放目的〟での運用であり、孤児院だの亡命だのと言われるようになったのはいまの聖女、ネヴィッサ・ヴェルナリアが迎え入れられるようになってからなのだそうだ。

「あの人は素晴らしいお方だよ。それまでは飯を出す手を噛み千切られるんじゃねぇかって気が気じゃなかったんだが、あの人が連れ添うようになってからは皆大人しいもんでさあ、まるで猛獣遣いだね、ありゃ」

褐色の肌の顔役は、軽快な口調で話してくれた。

それまでは少なからず負傷者の出ていた悪魔憑きの輸送が、ネヴィッサが来てからは随分と楽になった事。まるで憑き物が落ちたような穏やかな顔つきで子供らが船を降りていくようになった事を。

「聖女様はいつもお見送りを?」

「ああ、いつも桟橋で一人一人の肩を掴んで何やら声を掛けてやって下さるな。元より親の愛に飢えた奴等だって話じゃねぇか。聖女様の愛に触れて自らの罪って奴を自覚するんじゃねぇのか? 神曰く、汝、己が罪の業に身が焦げる、だったか。そんな感じの」

男は花嫁である私に配慮してか神々の教えを引き合いに出そうとしたが、残念ながら彼の頭では正しく理解できていないようだった。

正しくは「神曰く、汝、己が罪深き業に身を焦がさん」だ。

簡単に言えば〝自分の罪は自分だけが良く知っている〟という意味で、いくら自らの罪を隠そうとしたところで、その業からは逃げられないと言った教えになる。

桟橋での聖女の〝送りの儀〟は他の者達に聞いても同じような反応だった。

それまで牙を剥いて威嚇していた奴等でも聖女様のお言葉に耳を貸し、必ず大人しくなるのだと。

そしてそれは船を降りた先の街でも変わらないらしく。彼らの運んだ多くの悪魔憑き達は新天地で、それまでの人生とは縁を切って新たな生活を送っているのだという。

「教会の花嫁であるアンタには聞きたくもねぇ話だろうけどよ、北の方のうちの店じゃここから運んだ連中を何人か雇い入れたりもしてんだ。流石に過去の事に触れると急に口を閉ざしたりはするんだけどよ、根は良い奴等さ。力持ちだしな？」

街中での、悪魔憑き達への迫害を思えば随分と違った印象を持っているものだと思わないでも無いが、結局の所お互いの相互不理解が生む軋轢なのだろう。

前線に近い北部地域と違い、ここら辺は本物の魔族を目にした事のある人間の方が珍しい。主に教会の教えを鵜呑みにした、漠然とした〝人類の敵〟、〝滅ぼすべき悪〟と言ったイメージが先行してしまう。

だからこそ、分かりやすく魔族の身体的特徴を有する悪魔憑き達にはその魔族に対する警戒心をそのままぶつけてしまうのだ。

「聖女様によろしくお伝えしてくれ。アンタの頼みなら幾らでも船を出すってな」

手土産だと言って釣れたばかりの魚を何匹か押し付けられそうになったが流石にそれは断った。

魚とは思えない、うねうねとした足を何本も生やした得体のしれない生き物を持ち上げて「美味いんだがなァ……？」と言われたがとても手で触れたいとは思えなかった。

……生理的に無理だったのだ。うねうねしているのが。

「タコって言うらしいんですけど、食べたことありますか？」

聖堂内の地下牢。階段を下り切り、重苦しい空気を少しでも和ませようと、挨拶代わりに尋ねてみたのだが、「…………」言葉は続かなかった。私の姿を見せたのにも拘らず、これと言って何の反応も示さない面々を見て、察しがついてしまったのだ。

昼間、私が拷問を加えた悪魔憑きの囚人達は一様にぼんやりとした、焦点のあっていない目をしていて、生気というものを感じられなかった。

「一芝居打って、隙を窺ってるって言うのなら、大したものですが……」

それは鍵を開け、牢の中に入って間近でその目を覗き込んでも変わらない。

その身に触れてみても、その手を私の首に持って行っても、何の反応も見せない。

ただ虚空を見つめるばかり。まるで人形だ。

「……一応、謝るつもりでは居たんですけどね……？」

私が危害を加えたからと言う訳ではないだろう。

拷問を受け、精神が壊れた人でもああはならない。少なくとも危害を加えた者に対する拒絶反応は残る。全くの無反応なんてことは、まず無い。

だから、私の知らない所で、誰かが、何かをしたのだ。

「……そちらはどうですか。カーム神父」

地上へ向かう階段を歩きながら、私は話したくもない相手へと通信を繋いでいた。

最初はクソ眼鏡経由で連絡して貰おうと思ったのだが、いくら呼び出しても応答がなく、仕方なく直接連絡を取るハメになった。借りを作るのは癪だったのだが、それで悪い予感を、拭い去る事ができるのならマシだろう、と。港へと向かう前に聖女の管理する孤児院へと狂信者を送り込んでいたのだ。

「おおよそ君の予想通りの結果だよ。〝覚えている子供〟は一、人、も、い、な、か、っ、た」

「……そうですか」

地下の惨状を見て、なんとなく分かっていただけにショックは少ない。

ただ、勘違いであったのならと、何処かで期待していたのは事実で、少しだけ肩が落ちた。これからすべきことを思うと、気は重くなる一方だ。

「ありがとうございます。後は私の仕事ですので、……ご協力、感謝します」

「……シスター。ボクは先ほど神々からの声を聞いた。これからその導きに従ってこの街を立たねばならない」

「ええ、お好きにどうぞ。借りはクソ眼鏡にでも請求しておいてください」

「シスター」

「……なんですか」

普段とは違うカームの声色に、不覚にも足を止めてしまっていた。

「君は尊大で傲慢な、花嫁だ。それを忘れないように、ネ？」

「……分かっていますよ、それぐらい」

地上に出ると空は雲に覆われ、月明かりは消えていた。

いつの間にか通信は切れていて、世界は闇に覆われている。

僅かな蝋燭の灯りだけ僅かに世界の輪郭を浮かび上がらせ、――だからこそ、人は光を求めるのだろう。折れそうになる心を支える為に。暗闇に満ちた世界を歩む為に。

「だからと言って、闇に罪が消える訳でも無い」

緩めていた神官服の首元を正すと踵を返し、私は大聖堂へと向かう。

この地に舞い降り、人々を救わんとする聖女の下へと。

――聖女の罪を、暴く為に。

＊　＊　＊　＊　＊　＊　＊　＊　＊

灯りの無い夜に、眠れなくなったのはいつからだろう……？

……考えるまでもない。奴らに捕まってからだ。


あの頃、痛みは自分がまだ生きている事の実感だった。

喉は枯れ、声を上げる事すら奪われ、肉を切り落とされ、骨を砕かれても尚、死なない事を恨みはしなかった。

寧ろ、その痛みに感謝した。


――まだ、私は生きている。私はまだ、死んでいないのだと、身体だけではなく心まで屈服させようとしてくるバケモノ共に抗った。


始まりはなんて事の無い、秋の、感謝祭の夜だった。

村祭りが終わり、帰路に着いた私達の前に誰かの死体が転がっていた。

死体だと分かる誰かが転がっていた。

悲鳴が聞こえた。祭りの片づけをしている広場の方だった。

暗闇の中、何者かが人々を殺して回っているのが分かった。

足がすくんだ。逃げ出さないといけないという事だけは分かっていた。

それでも、身体が動かず、必死に震える手で足を叩いて、妹の手を引いて、家のある方角ではなく、村の外へ、森の中へと向かった。

ここに居ちゃ危険だ。とにかく遠くへ逃げなくてはならない。

もしも魔族に襲われた時の為に、と母が強く言って聞かせた話を何度も何度も頭の中で繰り返しながら森の中へと逃げて、走って、走って。何度も木の根に躓いて転びそうになって――、……行く手を闇が覆った。

気が付いた時には、教会の中で、鎖に繋がれていた。

平穏は、二度と戻って来ないであろうことを悟った。

母が嬲られ、父は首だけになって転がっていた。他にも見知った顔が何人もいた。これから何をされるのか、どうなるのかを考えるまでもなく身体は理解していた。

私は未だに目を覚まさぬ妹を抱き寄せ、この子だけでもどうにかして逃がしてあげられないだろうかと隙を窺った。

魔族の数はそう多くない。見えるだけなら三体だ。希望はある――。

しかし、妹は真っ先に奴らの食事となった。

私の、目の前で。

私が、やめてと叫ぶ、その眼前で、奴らは妹を嬲りながら喰らった。

——それからはいまが朝なのか、夜なのか、自分が起きているのか、寝ているのかすら分からないような日々が続いた。

都合よく、人間の頭は壊れてはくれなかった。曖昧な、ぼんやりとした意識の中で痛みだけがこの世界に私がまだ生きている事の証明となり。心は麻痺せず、怒りが、悲しみが、感情は殺意となって暴れ狂い、——その度、躾けられた。

喉は枯れても、喉を潰されはしなかった。その方が嬲り甲斐があったからなのだろう。私はただ、呻き、叫び、殺してやると唸る玩具になりつつあった。

時折感じていた他の子供達の気配はとうの昔に感じなくなっていて、殺されていないのは私だけになっていた。

——それでも、死にたいとは、微塵も思わなかった。

耐えて耐えて、耐え続けた。

なかなか壊れない私に、次第に奴らは飽き始めていた。

このまま耐え続ければ、必ず機会は訪れる。此奴等を殺せるチャンスが――。

しかし、そんな時、奴らの一人が提案したのだ。

「壊すのではなく、壊れないようにして楽しむのはどうだ？」と、手法を変える事を。

奴等は新しい遊び方を見つけたと嗤い、それからはより慎重に、より、丁寧に。人としての尊厳と、生への執着心を磨り潰し、自ら死を乞わせる為の拷問が行われた。

食事は奴らの体液と自分の身体の一部で、壊されては直され、潰されては膨らまされる日々が続いた。私が壊れない限界を探し当てるように、弄ばれ続けた。

殺されてしまった方が、幾分も楽だったろう。それでも、私は死ぬことはなく、人間の頭もそう都合よく壊れてはくれなかった。――否、壊されては、やらなかったのだ。

私は願い続けた。神々に。無残にも打ち砕かれた神々の偶像たちに。

アイツらを殺せるだけの力を。アイツらを滅ぼし尽くす未来を。


――そうしてそれは聞き遂げられたのだ。

私が、奴らの闇を味方に付けるという形で。

* * * * * * * * *

夜の聖堂内には死者を弔う為に幾つもの蝋燭が灯され、何処からか吹き込んだ風に影が揺れている。

入り口の傍にはシオンが立っていて、そこには聖女のお付きのシスター、ロリアの姿もあったのだけど、「聖女様と二人きりにして欲しい」と言ったら了承してくれた。

そもそもロリアは心ここにあらずと言った感じだったたし、私が地下牢でしでかしたことに関しては聞き及んでいなかったらしい。シオンが「少し、夜風にあたった方がいい」と背を押すと渋々とだが頷いてくれた。ただ、まぁ、シオンはシオンで何か言いたげだったのだけど……。それでも、いまはまだ聖女との話し合いを聞かれたくはなかった。

彼女の力を借りる事になるとしても、それは話し合いの後の話だ。

「――さて……」

二人が出ていき、しっかりと扉が閉められたのを確認してから、歩みを進める。

聖女の姿は祭壇の前にあった。

棺の前で膝を突いて祈りを捧げ、鈴のついた杖は傍らに寝かせてある。聖堂内には透き通った夜の空気が満ちていて、祭壇から立ち上る手向けの煙は、闇の中へと消えていた。

――カロル神父は、ここにはもういない。

魂なんてものは、空想上の存在だ。

それでも、それを分かっていながらも、自然と視線は煙を追っている。

開け放たれた天窓へと消えていく魂の、残り香を。

参列者たちの置いて行った花で祭壇の棺周りは埋め尽くされていて、それは彼が数多くの人に慕われて来た人物であることの証明だった。

彼の功績は人の知る所だけではなく、救った人々の成した奇跡の数だけ存在する。

教えで以て人々を導き、一人一人の心の迷いに手を差し伸べて日向へと導いてくれる。

そんなお人だった。

神々の存在が絶対ではないと反抗した私に微笑み、「そう思うのならそれでもいい」とまで言ってくれたのはあの人が初めてだった。「この世に絶対なんてものは存在せず、絶対などと言う言葉を使う事は神々にすら許されてはいない」のだと。

全と一。善と悪。

所詮ヒトは自らの尺度でしか物事を測れない。

理解出来ないものを理解する為には神様にでもなるしかないのだが、それは身の程を弁えない、愚かで、異常者の考え方だ。

「私は、全てを理解できるとは思えませんし、しようとも思いません」

ヒトは決して、神には為れない。

それに、その考え方を理解するには、余りにも彼女はヒトの範疇からはみ出ていた。

魂の在り方も、生き方も。私とはあまりにも違い過ぎていて、結局何を考えているのかは理解できなかった。それでも、何が起きて、何をしたのかだけは調べれば分かってしまうのものだ。真実は、見えてしまう。例えこの身が、ヒトの身で在ったとしても。

祈りを終え、杖を手に立ち上がる聖女の背に、私は諦めにも似た心持ちで語り掛ける。

「どうか、お答えください。聖女、ネヴィッサ・ヴェルナリア——。どうして、……どうして貴方は、」

カロル・スノーウェル神父を、殺したのですか……？

「…………………」

振り返った弱者の代表はただ静かに私を見つめていた。

光なき眼で、その布で覆われた瞼の下で、私の真意を問い掛けるように。

「思ったより、早くお気づきになったのですね、と、申し上げるべきなのかしら」

「隠すつもりが無かったからとも言えるのでは?」

聖女は軽く肩を竦めるに終える。

「まぁ……、貴方がカロル神父を殺したという証拠は見つけられなかったのですが……」

確認できたのはカロル神父が一方的に嬲られ、殺されたと言う事実のみ。

争った形跡もなく、目撃者もいない。あの〝監死者〟と名乗る不審者ならば犯行は可能だろうが、奴は魔族しか殺さないと言った。その言葉を信じる訳ではないが、カロル神父は決して魔族などではないし、奴の狙いはこの聖女のはずだ。

一度悪魔憑き達と共に襲撃し、シオンに阻まれているのに、わざわざ目立つような殺しを行い、警戒態勢を敷かせる意味も無いだろう。

だから現時点で怪しい人物に当たる事になった。

カロル神父がやけに注視していた、聖女様に。

「貴方が犯人です、と言われて、私が誤魔化すとは思わなかったのかしら?」

「記憶を消せるなら、誤魔化す必要もないでしょうに」

「そんなことまでお見通しなのね」

聖女は驚きも否定もしなかった。

「……隠すおつもりもなかったようですので」

　私がこの聖女に抱いていた嫌悪感。

　きっとそれは彼女の子供達や悪魔憑きに対する接し方が人に向けてのものではなく、ある種の自己欺瞞的な行いのように感じたからなのだろう。自らの支配下に置き、まるでペットを愛でるように、自由を奪っておきながら、頭を撫でるような。

「言っておきますが、私はアタランテに首輪を着けたりはしませんよ。鈴は着けておりますが、それでも自由に生きたいのならそうしろと常に言い聞かせております」

「……何のことか、流石に分からないのだけど。……そうね、否定はしないわ。心の音を偽る事は大罪ですもの。だけど、私があなた方の事を心から愛しているのは本当よ？　神々に誓ってその気持ちに偽りはないわ」

　鈴の音と共に彼女は立ち上がり、祭壇から降りてくる。

　その姿はいままでと変わらず依然、聖女然としていて、儚げで美しい。

　しかし、その内に秘めているであろうものを暴いても尚、変わらぬ印象こそが事の厄介さを物語っていた。

「……愛ゆえの行いであれば、神々は許して下さるとでも？」

「ここで正義の是非を問うつもりは無いわ。そんなものは立つ場所によって変わるものでしょう？　必要なのはそれがどれほどの人々を救う事が出来るのかという事……」

私から一定の距離を置いて、彼女は足を止めた。

大聖堂を飾る、色鮮やかなステンドグラスによる絵画を、神々の功績と祝福を描いた物語を静かに見上げ、聖女は涼し気に続ける。

「私はただ、自ら破滅への道を歩む子らの事を救いたいだけ。目の前で沈み、溺れ逝く者を見て見ぬふりなんて、出来ませんもの」

その言葉に、嘘はないのだろう。

この女は本気で悪魔憑きの子供らを救おうとしていた。

悪意に飲み込まれ、流されていく彼等を。

ヒトの言葉に騙られるばかりで、救済を齎す事の無い神々の代わりに、その身一つで、一人でも多くの子供達を救おうとしていた。

「両の目を覆ってしまえば、過去は無きものに出来ると？　傲慢ですね」

「そうかしら？」

カームには孤児院へと出向かせ、「どうしてここに来ることになったのか」と子供らに聞いて回らせた。本来であれば孤児らに投げかけるような質問ではないし、尋ねた所で〝答えられない〟というのもそう珍しい事でもない。

あまりの悲劇に記憶に蓋をしてしまう子も、そう珍しくはない。

――だが、誰一人として自分の身に何が起きたのかを覚えてはいないというのは明らかに異常だ。カームに嘘は通用しない。彼等は嘘をついている訳ではなく、本当に覚えていなかったのだ。自らの過去を。降りかかった悲劇を。

恐らくは彼女が送り出した悪魔憑きの子供達も、また――。

「記憶を奪い、空いた心の隙間に入り込むだなんて、親代わりが聞いて呆れますね」

右も左も分からぬような状態で優しく寄り添ってくれる相手が現れれば、自然とその人物に依存する事になるのだろう。シオンが必要以上に私に拘る様になったように。

まるで生まれたての雛が、初めて見たものを親だと思うように。

「少なくともその事を、シスター・テレサやカロル神父はご存じだったのでは？　そして、彼らが記憶喪失であることを不審に思われぬよう、他の関係者や騎士達に配慮させた。『過去の傷を抉るような事は聞かないであげて欲しい』とでも言わせて」

港から送り出された悪魔憑き達が憑き物が落ちたように大人しくなっていたのも当然だ。

彼らは記憶を奪われ、過去の事は「辛いことがあったのだから思い出す必要などない」とか吹き込まれて、新天地に向かえば素晴らしい日々が待っていると、都合の良い幻想を押し付けて。

弱みに、付け込むようで、――反吐が出る。

「……そのような行いを、あの人達がいつまでも見過ごす訳がない……」

シスター・テレサは聖女と対立し、大聖堂を追われた。

そしてカロル神父は聖女を止めようとした。

「だとしても、何故……？　どうして、彼を殺す必要があったのですか……!?」

記憶を消去できるというのであれば、無力化する事などそう難しい事ではない。

都合の悪い出来事を忘れさせ、手のひらで転がす――。

生憎、教会内では連続暗殺事件が発生していて、元魔王軍幹部による枢機卿襲撃事件まで起きている。適当に事件をでっち上げ、標的も、関係者もみんな、記憶障害に陥ったという事にでもすれば事は綺麗に収まり、真実は闇の中だ。

「それだけの力を持ちながら、どうしてッ……」

もはやそれは願いだ。

彼が殺されるに足る理由であって欲しいという、私の、エゴだ。

「……優しい嘘は、その場しのぎの偽善でしかないと、あの方は仰いましたわ」

それを見透かしたように、聖女は静かに鈴を鳴らし、棺に視線をやってから応えた。

「……信頼に足る、異端審問官がやって来る、とも」

知って、いた……？　カロル神父が、私の現状を――？

「……っ、」

　ぐっと、込み上げて来た感情をどうにか押さえつけ、「だから殺したと……？」聖女に重ねて尋ねる。

　もし仮に、「その異端審問官と共に勇者がやって来るともなれば、我が身が危ないから」とか、「余計な事を吹き込まれる前に排除してしまおう。全ては子供らを救う為だから」だとか、そう弁明してくれたのなら。全ては子供達を救う為に犯してしまったのだと罪を告白し、ほんの僅かにでも後悔の念を滲ませてくれたのなら、……私はまだ、許すことが出来たかもしれない。

　善悪の間で揺れる曖昧な価値観に身を委ねることも、それを決めるのは私の仕事ではないからと目を瞑り、異端審問官としては盲目となって見過ごしすらしたかもしれない。

　――然し、そんな私の淡い期待を裏切るように聖女は事も無げに言ってのけた。

　悪びれる様子もなく、さもそれが必然だとでも告げるかのように。

「私の救済を拒んだのです。仕方がないではありませんか」

「――あァ……」

無理だ、と悟った。

「彼女を導いてあげなさい」と言った神父の言葉を胸に、どうにかこうにか感情を抑えつけて来たけれど、平然と言ってのけた聖女の姿に悔しくて、悲しくて、不甲斐なくて、「私には……、無理だ……」聖女から目を逸らしてしまった。

「貴方のその力があればカロル神父を殺める必要などなかった。もっと他にもやり方はあった。……なのに、貴方は結局、命を奪う事しか出来なかった……」

魔族だから、ヒトではないからと、前提から否定しようという気はない。

例え子供達への接し方が、私達を見る目が対等なものではなかったとしても、ある種の支配階級として狂信的な平和を唱える者であったのなら、私はそれでも良いとすら思っている。

教会が神々を信仰するように。偽りの聖女を新たな神として信仰し、保護される。

そんな世界であったとしても、私のように、他者の命を奪う者が存在しない世界であるのならば、と。

「――しかし、違った」

夢を諦めてしまった者の支配下では、結局同じことが繰り返されるだけだ。

「貴方は、彼を、殺すべきではなかった……！」

分かり合えないのだとしても、自身を異端審問に掛けると言われても尚、聖女を騙るのであれば向き合うべきだったのだ。

正義を掲げるのであれば、己のその欺瞞と。

「貴方は自ら、聖女の名を穢した」

ナイフを、手に取った。

私は認めない。認める訳にはいかなかった。

神の名の下に、花嫁である私が、「そのような者を聖女だとは絶対に……!!」

これから行うのは叛逆行為だ。

いくら私が神の名を口にしようとも教会にとっての正義は聖女で、人々の代表たる聖女は教皇に並んで教会内の最大権力でもある。それに歯向かうという事は、教会に逆らうということに他ならない。だが――、

「私は貴方を認めない……！」

カロル神父は、この人を導けと言ったけれど、――ごめんなさい。私には無理です。

心の中で謝っておく。

そもそも私には誰かを救う事も、誰かを導く事も、出来はしないのだ。

出来ないからこそ、これまでに数多くの命を奪い、踏み躙って来た。

その未来を、願いを。摘み取って。

そう言う意味では、私にこの女を裁く権利など在りはしないのかもしれない――、だけど、此奴だけは、許せなかった。

「――嗚呼、良い顔をしてるじゃねぇか、シスター？」

声に視線をやれば、長椅子に人影が生まれている。

影そのものを身に纏ったような印象を受ける、細身の、暗殺者。

「殺しの理由なんざ、それだけで十分だ」

「……ヴェール・クロイツェン」

影が嘲笑う。驚きはしない。現れるだろうという予感もあった。聖女の下からシオンを剥がし、護衛のいなくなったタイミングを逃すはずがない。

「なぁに、ソイツは魔族だ。俺が保証する。信じるかどうかは勝手だけどな」

蝋燭の灯りの下に歩み出て来たシルエットは孤月を思わせる女性で、灰色の髪は所々が紅く変色し、その瞳は右と左で違う色を携えていた。

「一応、私には貴方の捕獲命令も出ているのですが？」

「かてぇこと言うなよ。必要とあればお供してやるさ。あそこの神父の死に様だって、事細かに証言してやれる。――俺は、見ていたからな」

——見ていて、助けなかったのか。

「そう睨むなって。テメェが救えなかった責任を俺に求めんなよ」

「……分かって、いますとも」

ゆらりと足音もなく立ち上がった暗殺者は自分の周囲の影を操り、幾つもの分身を生み出して口の端を歪ませて聖女へと牙を見せた。

「アイツは殺す、それだけの話だッ……！」

彼女は腰を低く落とすと同時に影の分身たちと共に地を蹴り、無防備に構える聖女との間合いを詰めた。

——否、詰めようとした。しかし、その一歩目を踏み出した刹那、隣を走っていた影が内側から破裂する。「な、」声を上げる間もなく、そのまた隣の影が、その後ろの影が、空中から突如生み出される光の槍や、炎の柱によって掻き消されていく。

思わず足の止まった暗殺者の眼前に現れたのは巨大なハンマーを携えた巨人で、手に握った大槌を振り下ろす向こう側には、神々へと祈りを捧げる聖女の姿があった。

神々の奇跡を我が物とした、神聖なる悪女の姿が。

「ハハッ……、」

短い、感嘆とも悲鳴とも取れない声を発し、暗殺者の姿が大槌の下へと消える。

――骨や肉の潰れる音と共に。

「全ては光の導くがままに」

――凛、と、不協和音を掻き消す様に鈴の音が聖堂内に広がった。

そうして、ヴェールに覆われた視線が向けられたのは、二階テラスの壁だった。

「【射殺す生命の樹】」

呟くと同時に生み出された金色の槍は発射され、そこに姿を現した暗殺者の身を貫いていた。

「降参するのであれば、命までは奪いません」

返答を待たずして雨のような矢が影へと降り注ぐ。

次々と突き刺さる矢に暗殺者の身体が衝撃に震え、血を吹き出しながら波打った。

――圧倒的だった。

私にも同じ術を使う事は出来るが、どれも発動までに時間が掛かり、普段使いには向かない、上位の祈祷術だ。それを、ノータイムで……？

その上、ここは聖都エルディアス。その中でも最も信仰の集まる場所、ポンティフェクス大聖堂だ。祈祷術を操る彼女にとって、魔力切れの心配はない。

だが――、「一つ、勘違いしているようだがァ――」

縫い付けられた影はいつの間にか泥のように溶けていた。

「俺ハ、死なねェんだよッ……！」

「死なぬ者などおりませんよ」

目で追うより早く、影は聖女の背後へと移動している。棺の影から襲いくる凶刃に聖女は振り向く事無く鎖を生み出し、闇を切り裂く。――金色の光を煌めかせる天の鎖。それらを暗殺者は躱し、後を追って来ると見るや影の中からナイフを取り出して打ち払った。

「おせぇっ！」

跳躍と共に鎖の動きが空中で止まる。

見やれば、いつの間にか聖堂内の闇と言う闇から〝影〟が伸びており、蜘蛛の巣のように張り巡らされたそれらが鎖を絡め取っていた。

「――懺悔の時間は必要かァッ⁉」

張り巡らされた影を足場にして跳んだ暗殺者を聖女は無表情で出迎える。

「罪の告白など、常日頃から行っておりますとも」

初撃は、躱された。しかし、暗殺者はそのまま跳ね戻ると、聖女の首へと迫った。

――必殺の、間合いだ。

「がっ――……⁉」

――しかし、血を吹いたのは、影の方だった。

瞬きの間に、いつ、そこに生まれたのかも分からぬ光が、浮いた暗殺者の身体を更に反対側から迎え撃っていた。

「分かって頂けるまで、続けましょうね……？」「ッ……」

幾つもの光の線によって殴られ、貫かれる度に影は剥がれ、血が舞う。

嬲り殺しとは、こういったものの事を言うのだろう。

絶叫とも狂乱とも判別しがたい声が聖堂内に響き渡り、最後は光が集まって生み出された巨人によって弾き飛ばされ、暗殺者は床に転がった。

聖女の周りを幾つもの温かな光が漂い、彼女の身を守っていた。

さながら神々の軍勢がその身を守護しているかのように。

「気が、お済みになりましたか……？」

身体が言う事を聞かないらしく、起き上がろうとしては頽れてしまう暗殺者に聖女は冷淡に告げる。

「あなたは悪くはありません。その志も、想いも、私にも伝わっております。その願いは間違っておりません。ですが、いまはどうか、」

差し出される手は、服従への誘いだった。

「私の、手を」

「ッ……、は、……ははッ……」

滲み出て来たのは笑い声だ。影は大声で嗤って告げる。

「それでこそ魔族って感じがして最高に気に食わねェッ……!?」

「……そうですか。……ではシスター・アリシア。その者の処罰を、お願い出来ますか？

神々の花嫁として、教会に牙を剥く愚か者への采配を――」

聖女の言葉に威圧感はない。

ただの要求に等しく、普段と何も変わらぬ態度で彼女は続けた。

「人殺しは、貴方のお仕事ですよね？」

――それを、あの人を手に掛けたお前が言うのか。ネヴィッサ・ヴェルナリアッ……！

「ええ……、そうですね……。それは私の仕事で、貴方の仕事ではないッ……」

本来の私の仕事はあの暗殺者の調査、もしくは確保。そして聖女様の護衛だ。

教会内で起きていた連続暗殺事件の犯人はヴェール・クロイツェンなのだとすれば、これで事件は解決だ。聖女様自らの手で、逆賊を討ち取った。

後はあの暗殺者を異端審問会へと引き摺り出し、神々の裁きを受けさせれば良い。

私の仕事は終わり。何の不都合もありはしない。

――だけど、「私は、神々の花嫁です……！」

神々の教えを守り、規律に従って生きて来た。生きるために、この手を血で染め続けている。教会に従う事こそが、私の歩むべき道であり、正義だ。生きる方法だった。

――けどッ……、

「私が貴方に従う義理はありません……！」

言って、血だらけになった暗殺者を祈りの光で包み込んだ。

監死者の顔色はかなり悪い。全身を覆う影で分かり辛いが全身の肉や骨は千切れ、生きているのが不思議なぐらいだ。首の皮一枚という言葉があるが、影一枚で繋ぎ止められているようなものだ。

「……見逃すと？」

「いいえ、殺させないというだけです。いまはまだ、尋ねるべき事も多いですから！」

事実、殺された教会関係者の身元や、入り込んだ魔族の情報など、聞くべきことは多い。ここで始末するには惜しい存在だ。

「この者の命をどう扱うかは、異端審問官である私の決定が優先されます。たとえ貴方が聖女様であったとしても、それは〝神々の決定〟ではない！」

言い切った。

あなたの事を、私は決して認めない、と。

「……そう」

しかし、静寂の中、聖女は何の感情も浮かべる事もなく、また反論する素振りも見せず、ただこちらを見ていた。

「……貴方も、そうなのね……？」

鈴の音が、哀し気に闇夜に響き渡る。

「……本当に、私達は惜しい人を亡くした」

「ッ——……!!」

反射的に、怒りに身を任せ、聖女の前へと踏み込んでいた。

固有技能による身体強化を手癖で発動させていただけ、まだ冷静だったのかもしれない。

なんの策もない特攻は全身に絡みつく金色の鎖によって易々と防がれる。

遥か遠く、手の届かない薄明かりの中で、聖女の顔は悲哀に満ちていた。

「私も、彼を失いたくはなかったわ……？」

本当に心からそう思っているかのように、聖女は棺へと振り返り、そっと手を触れた。

「けれど、彼はそれを良しとはしなかった」

「あんな風に殺しておいて何を!?」

決して、あのような最期を迎えるべき人ではなかった。執行官である私からしても、あんなものはヒトの死に方ではなかった。なのに、「私は最後まで、あの人に分かって貰おうとしたわ……？　それでも、彼は私の願いを否定し、忌むべきものとして消し去ろうとした――。……その命を犠牲にしてでも」

聖女は告げた。その言葉に、苦渋の色を滲ませながら。

「その命を賭してまで為そうとした行いを、無かった事に出来るほどにまで私は残忍ではございませんのよ……？」

……何を、言っているのか理解できなかった。一体何を……？

「刺し違えようとしたんだよ、最期は……。自爆で、道連れにしようとしたんだ」

振り返れば、ヴェール・クロイツェンが忌々し気に吐き出しながらも身を起こした。

「自爆……？　道連れ……？」

「見ているこっちが胸糞悪くなるぐらいだったぜ。そこの聖女様はハナから相手にしてねえ様子でな……。ケド、騙されんじゃねェぞ……！　口先で何といおうが、アイツが餓鬼どもの過去を奪ってペットにしてんのは事実なんだからよッ……！」

ふらふらと、私の前にまで歩み出てきて私を繋ぐ金色の鎖に手を触れると、苛立ちをぶつけるように、それを無理やり引き千切った。

「生かしておいちゃ駄目なんだ……、此奴らは、いちゃいけない存在なんだッ……！　悪魔なんだよッ……。殺さねぇと、俺らがやられる──、そうだろうッ……⁉」

それは監死者と名乗る彼女の心からの叫びだった。

その姿に悪魔憑きの少女へと襲い掛かった少年の姿が重なって見えた。

纏った影はまるで復讐に駆り立てる亡霊のようだ。

「それでも、子供らに罪はございません。そうして、貴方にも」

「……あ？」

──シャン、と、聖女の言葉と共に鳴り響く鈴の音が、静寂を生み出した。

「……普段は行商人さえも通る事の無いような、人通りの疎らな、穀倉地帯。富める者は多くはなく。しかし、人と人とが手を取り合い、助け合って生きる。満ち足りた生活ではなくとも、不満もない。そんな穏やかな日々を送る村落でした」

「なにを……」

突如差し込まれた言葉は不思議な響きを以て私たちの意識を縫い留め、見る見るうちに暗殺者の表情は強張り、目が大きく見開かれていく。

「やめろ……」

握った拳からは血が滴り落ち、その目には怯えが広がっていった。

「そんな村の、秋の、収穫祭が終わった夜——、」「やめろって言ってんだッ！」

暗殺者は咄嗟に跳び掛かろうとしたが、治りきっていない足はもつれ、彼女の身体はそのまま床へと倒れ込んだ。苦し気に呻きつつも、慈愛の微笑で迎え入れようとする聖女を睨み上げる。

「辛い過去など、身を蝕むだけですわ……？」

「分かったクチ、聞いてんじゃねぇッ……」

苦々しく毒づきながらも、暗殺者の顔には妙な焦りが生まれていた。

——記憶を、読んだのだ。あの一瞬で。

記憶を消去する事が出来るのなら、読み込む事も出来るのだろう。

だが、一体、何故——？　……いや、殺しても死なない相手を殺すのなら、心を壊すのは定石だ。ましてや人の記憶を読み、消し去ることのできる力を持つ魔女。

壊れてしまった人形であれば好きに操る事だって難しくはないのかも知れない。

「どうして貴方が一人、唯一助かったのか、なぜ、貴方だけが彼らの仕打ちを身に受けても尚、死に至らず、身体が治り続けたのか——」

転がす様に。指先から、少しずつ骨を折り、再び立ち上がる気力を削いで行くかのように、聖女は言葉を紡いだ。

「その意味する所を、本当に理解していないのですか？」

「テメェらを、悪を、滅ぼす為に神様が与えて下さったんだよッ……‼」

「いいえ、違います」

「違わねぇ‼」

違う。……この世に神様なんてものは存在しない。神々とは人々の信仰を集める為に生み出された虚構でしかなく、都合の良い救済を齎してくれるモノなどではない。

だから、この女が魔族による責め苦を受け、死を免れたのだとすれば、それは――、

「隔世遺伝」

「………は？」

聞き馴染みのない言葉だったのだろう。暗殺者の勢いが一瞬弱まる。

「悪魔憑きと呼ばれる子らが、その身に至るまでの先祖の何処かで交わった魔族の血が原因で発現するのと同じように、貴方の体の変化は、〝その身に流れる魔族の血〟によって引き起こされたものなのです。……心当たりはありませんか？　彼らの血を、その身に取り込んだ、もしくは、流し込まれた、とか」

暗殺者の顔が引き攣った。思い当たる節があるのだろう。

「手あたり次第輸血したとしても、そうはなりません。恐らくは偶然、貴方を襲った連中の内のどなたかが〝遠縁〟に当たる存在だったのでしょう。だからこそ、貴方の身体に眠る嘗ての記憶を呼び起こし、変化させた」

何を言いたいかなんて、考えるまでもない。

「貴方も今や、魔族ではございませんか？」

「黙れェえええッ……!!」

怒りのままに駆け出し、光に向かっていく後ろ姿はあまりにも憐れだった。

「この世には、知らぬ方が良い事実と言うものが多くございますね」

光が、影の行く手を遮った。

助けに入る間もなく、それらは影を切り裂き、貫き、腕が、足が、宙を舞った。

「私は、その事が悲しい――……」

暗殺者だったものがぼたぼたと地に落ち、影は血の染みとなって床に広がっていった。

静寂の中、役目を果たした光の守護者たちは音もなく宙へ消えていく。

悪は、打ち滅ぼされたのだ。

神々の、鉄槌によって。

「貴方は、どうしますか、アリシア・スノーウェル」

美しい笑みを浮かべる聖女の頬や神官服には暗殺者の血と肉が張り付いていた。

「何もかも忘れて、幸せに生きたいというのであれば私は――、」「ごちゃごちゃうるせぇよ」「え――……?」私も、聖女も、完全に虚を衝かれていた。

聖女が驚いたように振り返り、

――しかし、暗殺者の漆黒の刃はもうその眼前へと迫っている。

「死ね」

一閃。

その細い首を跳ね飛ばさんと振り抜かれた腕は、弧を描き、宙を舞った。

ヴェール・クロイツェンの、右腕が。

「アぁあああああ!?」

肘先から失われた右腕に声を荒らげ、咄嗟に跳び退こうとした身体を、シオンは顔色一つ変える事無く、追撃する。蝋燭の光に煌めき、振るわれた得物は深々と暗殺者の右脇を切り裂き、身を捩って傷口を抉る様に蹴り飛ばしてから彼女は聖女の下へと跳ね戻る。

「シオン、ン……?」

思わず、名前を呼んでいた。

しかし、私の呼びかけに答えることはなく、シオンは聖女の脇に構え、こちらを見つめる。睨むわけでも蔑(さげす)む訳でも無く、ただ、静かにこちらを視ていた。

静寂の中、床を転がり、いまにも途切(とぎ)れそうな監死者(デッド・シーカー)の浅い呼吸音に混じって、自分の心臓の音までもが耳元にまで響いて来る。

「ありがとうございます、勇者様。助かりました」

「……いえ」

「——まさか、」

背筋を、冷たいものが落ちて行く。

そんなはずはないと理解を拒む脳を、本能が現実を見ろと叫(さけ)んだ。

「辛い過去など、忘れてしまえば良いのです。私に身を委ねてさえ下されば、その苦痛から解放して差し上げましょう」

聖女の白い指先がシオンの頬に触れる。

人前では脱(ぬ)がされるのを嫌(きら)うフードを外され、露(あら)わになったその横顔を確かめるように、滑(なめ)らかな、指の動きが、シオンの頬を這(は)った。

「やはり随分(ずいぶん)と、可愛(かわい)らしいお顔をしていらっしゃったのね」

「そんな、一体、いつの間に……」

ここに入って来る時、シオンは正気だった。

操られているような素振りは一切感じなかったのに、何故——。

「それほど大切なのであれば、傍を離れるべきではなかった」

「ッ……」

私が、今日一日警護から離れている間に——……？

いや、もしかすると最初から、初めて会ったあの日から、異様なまでにこの女は手を出し、触れようとしていた。

肉体的接触——……、もしかすると鈴の音色だけでも……？

「迂闊だった……！」

本当に、どうして、思い至らなかったのだろう——。人の記憶を弄る事が出来るというのは、人の思考そのものを操作する技術である可能性に。

「いま大事なのは何をしたかじゃなく、何をされるか、ではないのかしら？」

「えぇッ……、本当にっ……！」

シオンが現状、どのような状況であるかは分からないが、その目からは生気と言うものを感じられない。洗脳が一時的な物なのか、それとも記憶を弄られた結果の産物なのか。

そのどちらにせよ、非常に厄介だし、神父が何故、死を選んだのかも納得がいく。

「聖女ではなく女王とでも名乗ったらどうですか……？　その力があれば、世界征服でも思いのままでしょうにッ……」

「それでは叶えられぬ未来だからこそ、私は此処にいるのです」

彼女が微笑むと同時に辺り一面に光が浮かび上がる。

「どうか、か弱きこの身に僅かばかりの祝福を。どうか、再び立ち上がる為の奇跡を」

聖女の下に集った光が、祈りによって生み出された霊気が、本来の姿へと変換されていく。神秘性を演出する白色ではなく、光同士が結合し、圧縮され、紅く、眩い光を放つ〝魔力〟となって、聖女の身体の中へと吸い込まれて行った。

震える足が前に跳び込む事を躊躇させ、睨む事しか出来ない。

紅く染まった世界は一瞬のうちに明滅し、得体のしれないバケモノの発した鼓動に、蝋燭の光が、ぐらりと揺れた。

「この世には、見なくても良い事が多すぎる――」

大聖堂内の霊気を、信者から祈りによって抽出された魔力をその身体に取り込んだ聖女は瞳を覆い隠していた布を取り外し、微笑み、赤い光を放つ瞳から涙を流した。

「私は、そんな世界からあなた方をお救いしたいのです」

「は、ははッ……」

まるで悲劇のヒロイン気取りの支配者だとか、随分と自分勝手な女もいたものだとか、軽口は次々浮かんで来るのに、足の震えが全身に伝わってしまって声が出ない。

「生まれによる迫害、偶発的な悲劇、憎しみの連鎖の末に生み出された犠牲者。悪魔憑きの子らだけではありません。女の身でありながら勇者の名を背負って生きるこの娘にも、神々に鎖で繋がれ、言われるがままに無辜の命を奪う道を選んだ貴方にも。全ての子らには幸せに生きる権利があるとは思いませんか……？」

緋眼の魔女は頬を濡らしながら続ける。

「過去を捨て、重ねた罪を忘れて歩み直すべきなのです。本来あるべき日々をっ……！」

吸い込まれそうな紅い光が、私をまっすぐ見据えていた。

「ホンっと……、神様を恨みますよッ……」

それは圧倒的恐怖だった。

白狼将軍を前にした時に感じたのと同じ、生物として遥かに優れた捕食者を前にした時に思い出す原始の反応。

「孤児院の、子供達のように辛い事など忘れ、過去を捨てて生き直せと……？」

「もう、良いのです……。あなた方は十分に地獄を生きた。これ以上、その身を危険に晒す必要が何処にありましょう……？」

悔しい事に聖女の言葉に嘘は感じられなかった。

「全ての業は、私が背負います。ですから、どうか、私の手を――」

何の躊躇もなく差し出される手には悪意は感じられない。

本心なのだろう。この女は本気で自分が全ての罪を被り、自分の洗脳下で悲しむ者のいない世界を作ろうとしているのだ。

勝者も敗者も存在しない。理想郷を。

「ですがそれは……、歪んだ独裁者に管理される理想郷だッ……」

息を深く吸い込み、固有技能による身体強化と祈祷術による能力向上を今度はしっかりと重ね掛け、ナイフを構えると術式を一から展開して、魔術・限界突破の発動を狙った。

「理解、して頂けませんか……？」

「それが分からないようなら、貴方はやっぱり聖女ではなく女王様ですッ！」

「私は、……悲しい」

「――……っ、」

風が、通り抜けた。

「何度も何度もッ!!」

咄嗟の反射。経験則。

視界にも捉えて居なければ気配すら感じ取ってはいない。

ただ、そこから来るであろうという直感で振るった刃は切っ先を弾いていた。

甲高い金属音が、聖堂内に轟く。

「…………………」

「――少しぐらいっ……、驚いた顔を見せたらどうですか、シオンッ!?」

無表情のままに次から次へと手を変え品を変え死角からの攻撃を繰り出して来る〝勇者様〟の攻撃を間一髪のところで躱し、捌きつつどうにか打開策を探ろうとするが「本当にこの子はッ――、」速いし、強かった。

先手を打って動いているのに全てが後手に回って行く。

一瞬でも迷えば切り刻まれ、置いて行かれるのは目に見えていた。

思考の全てを、感覚の全部をシオンに集中させ、本能が赴くままに腕を振るい、身体を捩ってギリギリ致命傷を避ける。

「冷静にお考えになって下さい。教会の花嫁でしかない貴方が、魔王殺しの勇者様に敵う訳が無いでしょう――」

「分かってますよッ！　それぐらい!!」

叫び、時間をかけて練り上げた術式で幾つもの石の壁を生み出し、シオンの視界を奪うと、術者本人――、聖女の下へと跳ぶ――が、「ッ――……!!」すぐさま背後に〝死〟を感じて身を捩った。――頬を、剣先が掠め、「はっ、ぁッ――……??」

――視界の端で、シオンのつま先が横腹を撃ち抜いていた。

上も下も、右も左も分からなくなりながら吹き飛ばされ、並ぶ長椅子の中に突っ込んで散らかし尽くして血反吐を吐き、呻く。呻きながらも、どうにか身体を起こした。

「し、【瞬間治癒】……」

震える足を押さえつけて立ち上がり、霞む視界でどうにかナイフだけは構える。祈祷術での応急処置を行いつつ、目を凝らす――。

追撃は、……ない。

「ご心配なく。殺しは致しません。ただ、分かって頂きたいだけなのですから」

シオンは聖女の隣に降り立ち、こちらを見ていた。

聖女にとってあくまでも私たちは手元に置くべき駒と言う訳なのだろう。

「っとにッ……」

その事が、心底、ムカついた。

「上からモノを言って、神にでもなったつもりですかッ……!?」

「神になど、為れるはずございませんよ」

聖女の言葉に、シオンが動く。

――左の肩は、外れていた。

傷の治りは遅く、肋骨が内臓に突き刺さったのか嫌な汗が込み上げてくる。

「っとにッ……、」

爪先から足が震えて立つのがやっとで、わざと致命傷を避けて切り付けてくれているから、やっと崩れずにいられる程度の攻防だった。殺す気でないと分かっているからこそ、どうにか捌ける。そんな、ギリギリの――、「――あ……?」

しかし、額が裂け、伝い落ちて来た血で片目が一瞬潰されて、距離感が分からなくなった所に一発、良いのを腹に貰ってしまった。

「っァ……、」「……………」「――ぁアァッ……!」

涙を滲ませながらもシオンを振り払い、おぼつかない足取りで距離を取って、どうにか、乱れた息を整えようと肩で息を繰り返す。

「もう良いではありませんか。ヒトの身では、決して届かぬ高みがあると。ヒトの身では、決して叶わぬ者達が存在するのだと分かったでしょう……」

聖女が言葉を発するだけで、その零れ出る魔力の匂いを感じるだけで、息が詰まる。

プレッシャーに、圧し潰されそうだった。

生物としての能力が、違い過ぎるのだ。

分かっていたハズなのに、心が折れそうになって本当にムカつくッ……。

白狼将軍は、私に言った。魔王は、人々との共存を望んでいたと。

魔族がその気になればヒトの世など、あっという間に消し去ってしまえるのだと。

「分かってんですよ、それぐらいッ……」

一か月前、私は魔族に一度殺された。

死にかけたというよりもアレは〝死〟そのものだった。

思い返すだけでも背筋が凍る。頬が、引き攣りそうになる。

自分の存在が消えていく感覚。世界と自分との輪郭が曖昧になり、意識が溶けて消えていく恐怖は二度と味わいたくはない。

確かに人類は、魔族には敵わないのかもしれない。

一部の英雄と呼ばれる人間を除いて、こんな奴らに対抗する事は不可能で、支配を受け入れ、飼われる道しか残されていないのかもしれない。

「それでも私はッ……」

奥歯を、噛み締める。

恩師の死を、無駄なものにしない為に。

「私は、貴方に従う訳にはいかないっ……」

例えこの身がどれほど血に汚れ、穢れた花嫁だと罵られようとも。

例えこの手が、どれほどの罪なき人の命を奪って来たのだとしても、

「私は、私が奪って行った命に目を背けようとは思いませんッ……！」

命を奪い続ける事でしか生きることが許されず、いつかはその連鎖の中で命を落とす事になったとしても、後悔はしない。

それが命を摘み取って来た者としての責任であり、背負うべき業であろうから。

「いずれ、死者の魂にその身が絡め取られても、ですか……？」

「覚悟の、上です……」

「生きながらに業火に焼かれるハメになったとしても――？」

「因果応報じゃあないですかッ……！」

「……どうしてっ……」

歯向かう私に、聖女の表情が大きく揺らいだ。

「それは、……望んで歩むべきものではありません……」

「それでも、私が背負うべき過去です……」

例えそれが悪魔憑きと呼ばれる子供達であったとしても。

例えその身に罪など無いと、分かっていたとしても。

「背負わなくてはならないんです。この世界で、神の救済の無いこの世界で生きていく為には、自分の過去を。自らの過ちも。全て」

そうでなければ、死んでいった命は、どうして報われよう。

「そうですか……」

聖女は静かに涙を流していた。

「流石はあのお方が信じて託した、教え子と言う訳ですね……？」

紅い瞳が真っすぐに私を見据え、唇を震わせて笑みを形作る。

「しかし、やはり私は、そのような道を歩む者を見捨てる事など出来ないのです」

その笑みを向けられた瞬間、本能的に死を確信した。

「もう、分かって欲しいとは申しません。それは貴方への侮辱になる」

眩い光は聖女の導きに従い、聖堂全体に広がり、辺り一面に次々と術式が展開されて行く。——どれも禁書庫の書物でしか見た事の無いような術式ばかりだった。

「どうか、それでも貴方の意志を踏み躙るであろう私の事を、お恨み下さい」

——そうすることで、私は貴方を——。

「【竜殺し】、【断頭の斧】、【神槍】に【天の矢】……」

全てが最上位の術式によるもので、まるで祈祷術の博覧会だ。

どれも私ではまだ扱えない次元の術式であり、普通なら一つ発動させるだけでその周囲一帯の霊気を使い尽くしてしまいそうな程の大技ばかり——。

「一介の、花嫁一人に放つには少々贅沢では……？」

聖堂内どころか、聖都中の霊気まで使い尽くす勢いだ。

「それでも、貴方一人の心を折るに足るかどうか、……神のみぞ知る、ですね」

馬鹿馬鹿し過ぎて笑えて来るような慈悲深さですことでッ……？

準備が整い、微笑む聖女に、私は乾いた笑いを溢す事しか出来なかった。

——眩い光が、一斉に牙を剥いた。

祈り、組み上げていた術式を即座に発動させ、幾重にも壁を生み出した。

更に魔術でそれらを補強して、打ち出されてくる神代の武器達を受け止めた。

鼓膜を裂き、腹の底にまで響くような、甲高い破裂音が重なり響く――。

「アぁあああッ……！」

次々と打ち込まれる神器が大気を震わせ、衝突の余波で皮膚が切り裂かれる。

世界そのものを打ち砕くような轟音の中、神様がいるのなら平等に扱って欲しいものだと叫び、なんなら花嫁である私をもう少し贔屓してくれても良いじゃないですかッ！　と、怒鳴った矢先、――どうやら神様は私を見捨てたらしい。

目をやれば、音を置き去りにして多重障壁を貫いた槍が地面へと突き刺さっていた。

次の瞬間、足元は大きくめくれ上がり、――全てが崩壊する。

呆れる間もなく、衝撃で魔力の操作が一瞬鈍くなったのをキッカケに壁は瞬く間に破壊され、神々の怒りが私へと降り注ぐ。

それがまるで、世界の意志であるかのように。

「神様なんて、いない癖に――、」

白く塗りつぶされる視界に、畏れは感じなかった。

「――シオンのそれは、固有技能（スキル）と言うより魔法（まほう）みたいですね」

「まほ……？　え、どしたの」

聖都に向かう道中。長く降り続いた雨の影響（えいきょう）で川が増水し、流された橋の代わりの仮橋を掛けている所だからあと半日ほど待って欲しいと言われた時の話だ。

川沿いに登って、北の橋を目指した所で結局は迂回（うかい）に二日ほどを要するので「ではのんびり待っていましょうか」と川辺に荷物を広げていた。

装備の手入れをし、それでもまだ時間を持て余していたのだが、シオンが「最近ほら、運動不足だから」とほぼ無理やり私の手を引き、人の目の少ない、森の端で、再びの手合わせを行った。

「僕（ぼく）は反撃（はんげき）しないからさ」とか言った癖に、私にカウンター気味の当て身を喰（く）らわせて来て、それでもどうにか一泡（ひとあわ）吹かせてやろうと転がっていた木の枝を投擲（とうてき）したのだが、既（すで）にその場には彼女の姿はなく――……、「どーんっ！」と後ろから突き飛ばされ、私は草原の上を転がったのだ。

転んで、顎（あご）を打って、……凄（すご）く痛かった。

　凄く痛かったので一連の流れを思い出しながら、せめて次回、同じ目に遭わない為にも考えを巡らせていたのだが、いまいち結論が出なかった。

「認識阻害。空間の偽証……。固有技能の解読はご法度と言うのは分かっておりますが、なるほど、対人戦においては敵う気がしませんね。お手上げです」

「えへへ……」

　褒めるとすぐ喜ぶ。まるで犬みたいだ。

「だけどさ、アリシアはそれでいいと思うよ？」

「ええ、私はか弱い花嫁ですから。勇者様の後ろに隠れさせて頂きますとも」

「えーっと……、そういう事じゃなくてさ……？」

　膨れた私に少し戸惑いつつもシオンは必死に言葉を探して紡いでいった。

「アリシアはさ、ほら。マスターの所の酔っ払い連中相手でもちゃんと手加減して、傷まで治してあげてたでしょ？　お灸を据えたっていうのとはまた違うのかもしれないけど、あの後、結構真面目にあの人たち頑張ってるみたいでさ。『花嫁の嬢ちゃんに負けてられっかー！』って盛り上がってるみたいなんだ」

「それはどうにも……、奇妙な話もあったものですね」

　痛めつけた上で体裁を取り繕っただけなのに。

「でもね？　僕にはそんな事は出来ないし、凄いなって。騎士さん達の相手だってそう。僕は戦う事は出来ても、支えたりするのは向いてない。師匠にも『命を奪う才能はあっても守る才能はねぇから、自分の命を最優先にしろ。何かを守ろうとするだけの暇があるなら襲ってくる連中を狩り殺す事に頭を使え』って、口を酸っぱくして言われてさ」

「随分とまぁ……」

恐らくは親心からの忠告なのでしょうが、それはまぁ、いまはいい。

「だから人殺しに向いていない私は偉いと？」「そうじゃなくってさーっ！」

どうにもシオンの意図する所が分からなかった。

第一、人殺しに向いているいないの話ならシオン以上に私は人を殺して来ている。

「すみません、シオン。もう少し、分かりやすく……」

別段真剣に取り合う話でも無いのかもしれないが、シオンは必死に考えを巡らせているようで、そんな顔を見ていると私も汲み取ってあげるべきではないかとは思う。

「えっとね？　アリシアは人を救う才能があるっていう事なんだよ！　みんなの背中を押してあげられるからすごい！　流石神様の花嫁！」

「……ええ……？」

やや強引に結論を押し付けられ、微塵も納得がいかない。

私が誰かを支えたのだとしたら、それは私の為であって誰かの為ではない。あくまでも私が生き延びる為に必要だから他人を利用し、神々の名を利用しているに過ぎない。

「私は、シオンが思っているような人間ではありませんよ……？」

だからと言う訳でもないのだが、純粋な眼差しに、つい、本音がこぼれてしまった。

──なのに、シオンは照れくさそうに笑う。

「そんなことないよ。だって僕の事も助けてくれたじゃない？」と。

「だから、今度は僕がアリシアを助けるね」と。

違う、と思いつつも否定する事は出来なかった。彼女が私を信頼してくれているのは、彼女が失った物の大きさの反動なのだと本来ならば伝えるべきなのに、私は曖昧に頷き、微塵も疑う素振りのない眼差しから目を背ける。

私の本性なんて、微塵も知らない癖に。まるで子供みたいな笑顔を浮かべて、

「──……あぁ……、もうっ……、走馬灯だって言うのならもう少し、役に立つ術式とか、思い出して欲しいものなんですけど……」

既に感覚の遠くなった身体に力を籠め、起き上がり、私は顔を上げる。

「──シオン……、貴方がそちら側にいて、どうするんですか……？」

目が、霞む。あの子がいま、どういう顔をしているのかも分からない。

立て続けに撃ち込まれた神器のせいで聖堂内はもはや瓦礫の山と化しており、それでも屋根が崩れ落ちて来ないのは流石だと言うべきなのだろうか。

「分かったでしょう。これ以上は、もう……」

涼し気な鈴の音と共に十分に貴方は戦ったのだと、支配に抗ったのだから休んで良いのだと、聖女は手を差し伸べてくる。

あの手を、取れば、確かに私は、楽になれるのだろう。

余計なしがらみを気にする事もなく、ただ、聖女様の言いなりになって、辛い現実から目を背けて、幸せに。「っ……」仮に、そうだとしても、私は――。

「その子を、そのままにはしておけませんねっ……？」

操り人形となったシオンに、あの笑顔が浮かんで、消えてくれない。

少しずつ、視力は戻って来ていた。右腕は、……まだ動く。足も、折れてはいない。

最初から殺す気が無かったというのもあるだろうが、直撃を避けられたのが大きかった。

足元が抉られ、吹き飛ばされたおかげでどうにか致命傷は避けられた。再起不能に陥る可能性だってあっただろうに。

「貴方は、どうして、そこまでしてッ……」

私を見る聖女の顔色は暗い。歯を食いしばり、涙を流して怒りを滲ませていた。

そんな聖女の顔を見て、「聖女は私によく似ている」とカロル神父に言われた理由が分かった気がした。

ふらつく足で、走る事は出来なかったから一歩ずつ、聖女の下へと向かう。

お互い、負けず嫌いなのだろう、きっと。

「自分一人で世界をどうにかしたいって望んで、どうにもならないからって諦めて、諦めきれないから願いに取り憑かれて……、自分一人で背負い込めるならその方がいいって抱え込んで、」ようやく私の目の前にいる化物の正体が見え始めていた。

「子供達を救いたいだとか、私を守りたいだとか……言ってることは立派ですけど、結局は現実を見ていない、子供の我が儘じゃないですか……?」

分かってしまえばなんてことはない。

随分と傲慢な聖女様も居たものだと、笑みすら込み上げてくる。

ただ、他人を愛し、救いたいと強請った末、行き止まりに辿り着いてしまって、身動きが取れなくなった哀れな子羊が一人、そこには居るだけだ。

「貴方の夢は叶わない。全ての子供達を救済するだなんて、神様にでもならないと叶えられやしない――……」

神はいない。現実はそんな風には出来ていない。

だから私たちは抗うしかないのだ。この身からどれだけの血を流してでも。

この世の不条理に。

「……それでも、私はっ……――、」

追い詰められているのは私の方なのに、取り乱しているのは聖女の方だった。

続く言葉は、聞こえなかった。いつの間にか目の前に滑り込んで来ていたシオンに全ての意識が引っ張られて行っていたから。

「――シオン、」

時の流れが妙に緩慢に感じた。

すぐそこに迫ったシオンの感情の無い瞳が、私を見ていた。

迎撃は――……、……間に合わないだろう。

ぶつけるべき言葉は、全てぶつけた。

自らの愚かさにも、あの聖女は気付いている。

もう、良いのかもしれない。ここで私が死んでも、あの女は、私を斬り殺したという事実をシオンから消し去り、私のいない未来を共に歩み始めるのだろう――。

慈悲深き聖女と、魔王殺しの勇者様。

もしかすると、シオンにとってそちらの方が幸せなのではないだろうかとさえ思う。

神々の花嫁、教会の奴隷でしかない私と共に行動するより、聖女と共に行動した方がより多くの人を救う事になるのだろうし、私には不可能だったけれど、シオンになら、聖女を正しい方向に導いてあげる事だって出来るかもしれない。

……だったら、私は、私が、あの子の前からいなくなったって——、「ぁあああァ！」「——っ……？」眼前で、足元から跳ね上がった影が、剣先を弾き上げていた。

そして、割り込むようにして撃ち込まれた右足はシオンの身体を蹴り飛ばす。

「寝言は死んでから言え!!」

がっと私の胸元を掴み、牙を剥くのは監死者、ヴェール・クロイツェンだった。

「生きていたのなら……そのまま逃げれば良かったものを……」

「ふざけんなッ、誰が餓鬼置いて逃げっかよ!?」

困惑する私を雑に突き飛ばしながら、血だらけの暗殺者は叫ぶ。

「俺はなァ、ずっと魔族が憎かったんだ。大嫌いだ。なのに、俺がその魔族になっちまったなんて聞きたくもねぇ、今すぐにでも死にてぇ気分だ!! ——ケドな!? 好きに言わせるだけ言わせて死ぬだなんてその方がゴメンだねッ……！」

怒鳴る度、牙を剥くたびに血管から血が吹き出し、ボロボロとその身を覆っている影が剥がれ落ちていく。

腹の傷口からは臓物が零れ落ちそうになっているし足元に血も溜まる一方だった。

——それでも、暗殺者は叫び続けた。

「俺はテメェが嫌いだ。テメェみたいな自分が世界一不幸です、みたいな顔してる奴が一番ムカつくんだよッ……！」

聖女を指さし、見下すように吠える。

「俺はお前とは違うッ。俺は俺が不幸だとは思わない。俺はお前に救ってもらいたいとも思わないし俺みてぇな境遇の奴等だってきっと同じような事を言うハズだ！　何も知らねぇテメェが偉そうに語んなってな！」

勢い任せの宣戦布告に、私も聖女も、呆気に取られていた。

いま死に逝く者の言葉としてはあまりにも苛烈で、鮮明で、眩しかったから。

「……テメェの願いはテメェで叶えられる。俺達は、誰かに守って貰わなきゃならねぇほど弱くはねぇ——。……そうだろ、花嫁」

影の中から取り出した経典を差し出しながら暗殺者は嗤った。

私の心の内など、お見通しと言わんばかりの笑みで。

「……ええ、そうですね」

私はそれを受け取ると暗殺者の隣に立って構える。

「どうして……、あなた方は何故、そこまで……？」

盲目の、聖女に向かって。

「愚か者なりの、生き様って奴ですよ……！」

満身創痍の身で挑むには馬鹿げている相手だとは思うが、退いた所で勝機も無ければ未来も無い。――ならば、踏み出すしかない。

「諦める事で得られるものなど、ありはしませんから」

例えそれが身勝手な願いなのだとしても、私は手を伸ばす。

例えそれが叶わぬ願いなのだとしても、諦めない。

祈るだけでは手に入らないのならば、手を伸ばし、奪い取るしかないのだ。

この世に神様がいないのだと言うのであれば、そうやって抗って生きるしかないのだ。

この世界に。この世の、不条理に。

「シオンが、……勇者様が動いた瞬間に貴方の身体能力のリミッターを一瞬だけ外します。もしかすると反動で死ぬかもしれませんが、耐えてください」

「忘れたか？　俺は死なねぇッ……！」

「ええ、私に殺させないでください」

私達は限界で、相手は万全。

残り少ない魔力を火種に祈祷術で私の身体と、暗殺者の身体、全快はどうやった所で不可能だからとにかく動けるように、……最低限、一撃で聖女を無力化する事だけを前提に治しただけだ。勝算は低い。私か暗殺者、どちらかはシオンに捉まるだろう。

それで良い。私達のそのどちらかがあの女の下へと辿り着かなくてはならないのだ。

分の悪い賭けだが、他に手は無く、届く保証もない。

——だが、やるしかないのだ。

「行きますよ」「おうッ……！」

私より少し背の高いその人の身体に触れる。自分には身体強化と能力向上を重ね掛け、

「【破滅、と——……？」「ッ——、」突然、暗殺者が振り返ったかと思えば、その腕が真っすぐ伸びて来て、私の身体を突き飛ばしていた。

「————あああッ……！」

理解したのは、倒れ込み、私と入れ替わるように立ちふさがった暗殺者がシオンに貫かれてからだった。

「っ……、」震える指で自分を貫く剣を掴もうとするヴェール・クロイツェンだったが、それを嘲笑うかのように剣先は振るわれ、彼女は切り裂かれる。

鮮血が、一面を覆った。

血を浴びる私は、ただ茫然と、その光景を見上げていた。

「……自ら、破滅へ向かおうとする者を見過ごせるほど、私は残忍ではありません」

――認識、出来なかったのだ。

魔王さえも殺すに至ったシオンの完全潜伏技能。

その固有技能の全貌は私にも解明出来てはいないが、紛れもない不可視の一撃だった。

知らない訳ではなかった。

知っていて、忘れさせられていた……？

シオンが、魔王殺しの勇者であるという事を。

シオンの能力を、その、一瞬だけ。


「………？」

――しかし、聖女もまた忘れていた。

そして、シオンでさえも、気付けていなかった。

私へと身体の向きを変えたシオンの動きが固まったかと思えば、その意思の感じられない瞳が自分の身体に目をやる。シオンの足や腕、剣を包み込むようにして幾つもの影が張り付き、暗殺者の手が、剣の柄を掴んでいた。

「オレはッ……、死なねェんだッ……」

間違いなく致命傷である傷を受け、根性論以外の何物でもない叫びに私は跳んでいた。

感情を殺し、ただ、必要に駆られ、地を蹴った。

そうして、初めて、持てる全てをぶつけて、シオンの顔を殴り飛ばしていた。

歯を食いしばって、全力で殴り飛ばしていた。

「ッ――……？」

不意の衝撃にシオンは祭壇の中へと弾き飛ばされて沈み、暗殺者はその場に頽れていくのが見えた――、が、足は止めない。

殴った事も、私を守ると言った癖に牙を剥いた事もまとめて、あとで清算させてもらう事にする……！　だから今はッ……、「いと慈悲深き神々よ、この世、善と悪、一と全を統べる世のことわりを制定せし、我らが主よ」

――私は祈った。

「か弱きこの身に僅かばかりの祝福をッ……再び立ち上がる為の奇跡を……！」

口の中に、血の味が広がっている。

全身の血が燃えるように熱くなり、身が、引き裂かれそうになる。

「我は人の子、我は神の子、我は、神々の花嫁ナリ、私は申し立てる。私は申し付ける。神々の慈愛を、神々の奇跡をッ……！」

きっと、この世に神様なんてものは存在しないのだろう。

だけど、もし、もしもいるのなら、応えて欲しいッ……──。

「神々の寵愛は等しく、人の子らの下へッ……」

私の身体が、どうなっても良いから、どうか、どうかッ──。

「ッ──、」祈り終え、唱えた言葉に全身の毛が、逆立つのを感じた。

全身の感覚が、鋭くなるのが分かった。

再現できるかは賭けだ。どういう理屈なのかも分からない。

しかし、身体の中に必要以上の魔力を供給し、必要以上に身体を治癒させた結果、行き場を失った魔力は〝失われていた器官〟を生み出すに至った。

「いッ……、」ったいけど、どうやら成功したらしい──。

「その姿は、」

「……ええ、……可愛いでしょうッ……？」

狼の耳と尻尾、そして少しだけ伸びた爪に鋭くなったらしい犬歯を剥いて、

「私は、貴方を救います」

私は、聖女へと駆ける。

自らの檻の中に閉じ込められた、聖女様を救う為に。

＊　＊　＊　＊　＊　＊　＊　＊　＊

——どうして、こうなったのだろう……？

視力を奪われた瞳では何も捉えることは出来ず、鈴の音を元に周囲の光景を把握するしかなかった。暗闇に閉ざされた世界で、魔力の大半を失った私には、出来る事など何も残されてはいなかった。

それでも「死ぬことは許さない」と、奴は言ったのだ。

「自らを哀れだと思って生きるのであればそれも良かろう」と嘲笑うかのように、私を人間どもの領地に置き去りにしていった。

女王を自称し、魔王に取って代わろうとした私への罰だとでも言うように。

いっそ娼婦にでも身を堕とし、流されるがままにされてやろうかとも思った。

そんな時だ、下賤な、野盗共に見つかったのは。

自力で魔力を練る事が出来なくなった身体は食事を必要とするようになっていて常に空腹で、自分の物だとは思えないほどに身体は脆弱になっていた。

鎖で繋がれ、後で奴隷商の下へ売りに行くのだと言われ、いい気味だと思った。

聞こえてくる男共の笑い声が遠くに聞こえ、まるで他人事のようだった。

放り込まれた牢屋の中には私の他にも何人か、幼い娘らが捕らえられているのが気配で分かった。家族を奪われ、自らの死すら許されず、ただ、自分の仇の男達の糧にされるが為だけに生かされ続けている、そんな、哀れな人の子らだった。

家畜以下の、奴隷にも満たない、人を人とも思わない生活――。

それでも、何故かその子達は私に優しくしてくれた。食事を口に運び、身体の傷を、拭いてくれた。身体を思うように動かせず、目も見えない私を憐れんでの事だったのかもしれない。自分達も酷い境遇に追い込まれているというのにも拘らず、彼女達は私を庇ってくれたのだ。

自らが代わりに、仕打ちを受けるハメになっても。

――あまりにも憐れだと思った。

同じような境遇に追い込まれ、情が移ったのかも知れなかった。

しかし、ここから出してやるだけの力は私には残されてはいなかった。

代わる代わるに男達に犯され、穢されていくだけの身体では、彼女らの苦痛をひと時、肩代わりしてやる事ぐらいしか出来なかった。

だから、祈ったのだ。在りもしない神々に。

ヒトの世では、我らを悪魔と説く天上の存在に。

しかし、その祈りが偶然にもこの地に満ちた奇妙な魔力の一端を掴む事に繋がった。

奇妙な形をしたそれらは、――しかし、元を正せば魔力であった。

それらを吸収し、僅かながらに生来の力を取り戻すことが出来た私は、野盗共を皆殺しにした。己で己の身を切り刻ませ、己で己の命を絶ち切らせ、牢の子供らを解放した。最寄りの村へと送り届けて、彼女らと共にその村の教会に身を寄せた。

そこからは貧しくとも、穏やかな日々が続いた。

満たされる事はなくとも、そう悪くはない日々が。

それまでは操る事でしか触れて来なかった人のぬくもりが、自らの意図した物とは違う形での接触に戸惑う事はあったが、……不快だとは思わなかった。

力を失って得たものにしては悪くないとすら、思ったのだ。私は。

――少なくとも、その時までは。

朝食の準備が整い、珍しく起きてくるのが遅い子供らを起こしに行った朝だった。

昨夜、随分と遅くまで起きていたようだから寝坊したのだろうと扉をノックし、応答が無かった。知らぬ間に出掛けてしまったのだろうかと何気なく扉を開け、――漂って来た血の匂いに、何が起きたかを、悟った。

見えぬ私の目にも、その光景が浮かんで見えるようだった。

自ら命を絶ち、その短い生涯を終わらすことを選んだ子供らの姿が。

――……なにも、救われてなどいなかったのだ。

時折、酷く怯えるような表情を見せていたのだと後から神父に聞いた。村の男どもにも一切口を利かず、それでも心配させまいと私の前では明るく振る舞っていたのだと。

光を失った目を、これほど恨んだ日はなかった。

全て忘れて、新たな人生を踏み出せていたのなら、また何かが違っていたかも知れないのに。共同墓地に埋められた彼女らの死体の前で自らの愚かさを呪った。

その力を、持っていながらも私は、……彼女達を、見殺しにしたのだ。

だから、私は――……。

＊　＊　＊　＊　＊　＊　＊　＊　＊

「ああああああああああああ!!!!」


次から次へと打ち出される神器を寸前のところで躱し、一直線に聖女の下へと駆ける。

霊気を魔力に変換して発動させた身体強化。

獣化、とでも呼ぶべきこの状態で重ね掛けた影響は驚くほどのものだった。

普段よりも速く、普段よりも敏感に敵の挙動に反応し、考えるよりも先に身体が動く。

経典を通して生み出す魔術はいつもより威力が大きく、聖女の放つ祈祷術を相殺して道を切り開くことが出来た。

「どうして――、どうしてッ……!」

迫り来る私に聖女が涙を溢れさせながら叫ぶ。

「どうしてッ、分かって、下さらないんですか……!?」「ッ――……!!」

――届く。

踏み込んだ先で、鋭く切り上げたナイフは聖女の胸元を僅かに掠り上げた。が、私は即座に身体を捩じり、背後から振り降ろされた斧を蹴り飛ばした。

「っとにッもう……!!」

あと一歩の距離が縮まらない。その胸倉を、掴む事が出来ないッ——。

「このままでは貴方は必ず身を滅ぼします……！　だから、どうかッ……！」

ステップを踏むようにしてひらりひらりと聖女は私の攻撃を躱し、手数で私を押し返そうとしてくる。

「私は貴方をッ……、あなた方を——」「救おうだなんて、無理な話なんですよ!!」

ほんの僅かに致命傷には至らないであろう甘い一撃を躱すことなく、左肩で受けて、踏み込めずにいた最後の一歩を、無理やり踏み込んだ。

「誰かを救おうだなんてッ……、思い上がりも甚だしいッ……！」

その髪を掴み、頭を思いっきりその額目掛けて打ち付けて、目の前に光が散った。

「はぁっ——……」「————……」柄にもなく、慣れぬ事をした代償だ。

塞ぎかかっていた額の傷が裂けて、また血が噴きだした。

指先に力が残っておらず、反動で聖女と身体が離れたが歯を食いしばって鎖を生み出し、私と聖女の手首を繋ぐとそれを引っ張った。

引っ張って、——片目が血で滲んで、距離が掴めないからッ——、「貴方は何も、特別なんかじゃない!!」近づいて来た身体に思いっきり体当たりした。

受け身も当て身も、考える事無く、ただ全力で。

ぶつかり、二人して祭壇を転がり落ちた。

全身が、痛かった。

涙が滲んだ。

それでも、まだ、倒れる訳にはいかなかった。

肩で息をして、膝に手を突いて、立ち上がり、聖女を睨む。

聖女もまた、おぼつかない足取りで、身体を起こし、こちらを見ていた。

「まるで獣ですね……」

「尻尾も耳も、生えていますからッ……！」

重い、鎖の感触を引き摺る。

聖女に、近づく。

「弱者の言葉など、この世では何の意味もありません……」

──まだ、足りないらしい……。あと何発か、分かるまでぶち込んでやろう──、そう思っていたのだが、ふいに聖女の瞳から大粒の涙が零れ落ちた。

「最初から私は……、分かって貰おうとは、思っておりませんッ……」

声を振り絞り、涙で頬を濡らしながら彼女は私を見つめる。

「……嘘つき」

私が笑うと、彼女も苦笑して、微笑み返して来た。

それは、まるで春の日差しを思わせるような柔らかな微笑みだった。


「　あなたとは、分かり合いたかった——　」


身体が、空中に縫い付けられたように止まる。

「あっ……、」

衝撃は身体の内側から伝わって来ていた。見るまでもなく、それが間違いなく致命傷であることだけは、分かっていた。視界の端で、……右脇から、まっすぐに、シオンの差し込んだ剣先が、身体を貫いて反対側へと抜けている。

「きっと良き友人と為れたでしょうに……」

耳鳴りが、鈴の音が、シオンの、感情の無い瞳が——、「本当に、残念です」

身体が横に斬り払われ、世界が傾いだ。

私が　、崩れ　落　ち　　　。

9

勇者の剣が彼女の身を貫き、切り裂いた時、終わってしまったのだと息を吐き出した。

これまでにも諦めの悪い相手には出会って来たけど、これ程までに手こずった相手はいなかった。

「本当に、残念です……」

頽れていく姿を見る気にはなれなかった。

こんなことなら視力など戻すのではなかったと瞼を閉じ、顔を背けた。

細い身体から臓物が溢れる姿を見てしまったら、彼女に抱いた敬意を穢してしまいそうに思ったから。出来る事なら耳も塞いでしまいたかったが、それは流石に不義理だろう。

人間の身でありながら、ここまで純粋に、まっすぐ私に向かって来てくれた相手だ。

丁重に弔い、その栄誉は忘れる事無く胸に刻むべきなのだろう。

「シオン――、」といまは亡き花嫁が彼女を呼んでいた時の愛称で傍らの勇者を呼び、死体をこちらへ運んで来てもらおうとした。

その時だ、「――――っ……？」全身を、悪寒が走り抜けたのは。

思わず目を見開き、慌ててその気配に視線を向けてしまう程の圧倒的恐怖。

この感覚は、この殺気は――、

「魔王――……！」

いや、そんなハズはない。彼は死んだのだと、あの者も言っていた。

だから、そんな事は有り得ないのだ。

事態を見極めるべく、視線を走らせた先で、花嫁の身体が溶けていた。

まるで飴細工が熱で形を失っていくように、足元の影の中へ、溶け、「は――……、」

――気付いた時には手遅れだった。一直線に振り上げられた切っ先は、視界を真っ二つに切り裂いていた。私はあまりの激痛に立っていられずに尻餅をつき、そこで慌てて勇者に新たな命令を飛ばす――が、「――……駄目ですってば」その魔力の流れを、私の眼前に現れた〝影を纏った花嫁〟は振り上げた手によって喰らう。

不可視であるはずの、魔力の糸を。

「違うッ、貴方はッ、違うッ……！」

祈りによる術式を展開し、彼女の周りに幾つもの神器を生み出した。――が、

「貴方の願いは聞き遂げられはしない」

それらは一瞬のうちに掻き消される。

彼女の背後に広がる、四本の尾で。続く術式までもが、掻き乱された。

四散する魔力をその身で喰らい、花嫁は私を蔑み、見下す――。

その姿はやはり、あの男によく似ていた。

「貴方は、いったい……」

「……勇者殺しの、花嫁ですよ」

顔色一つ変える事無く、紅く染まった花嫁の指先が、勇者へと差し伸べられる。

ただそれだけで、勇者と私を繋いでいた絆は呆気なく絶たれ、代わりに彼女の支配が勇者を包み込むのが分かった。

「勇者は、花嫁と共に」

言われた言葉に従うようにして勇者は得物を私の首筋へと突き付け、花嫁は告げた。

「チェック、メイトです」


私の、敗北だった。

「チェック、メイトです」

そう告げながらも、何が起きているのかを理解するまでに、少しだけ時間が掛かった。

紛れもなく私は私の意思でここに立っている。しかし、あの一瞬——、シオンに刺し殺され、聖女の片目を斬り裂くまでの一瞬の間、自分が自分で無いような感覚があった。

戦闘中に身体が自分の意思とは関係なく動くことはそう珍しい事ではない。

身体に刻み込まれた反射。命のやり取りをするのであれば、考えるよりも先に身体が動くという事はよくある。だから、何もおかしな事ではない。ないのだが、記憶が曖昧だった。大気中の霊気を魔力へと再変換して体内に取り込むという無茶な方法を取ったから意識に齟齬が発生しているのかもしれない。

だが、平気だ。私の意識はちゃんと明瞭だし、感覚的にシオンの洗脳を解く方法も知っている。聖女が抵抗しないのが分かるとパチン、と指先を鳴らし、シオンに残っていた魔力の流れを断ち切った。

聖女の流し込んだ魔力を、抜き出し、喰らった。

それだけで徐々にシオンの瞳に徐々に光が戻っていく。

虚ろな夢から、少しずつ、覚めて行っている感覚だろうか。

「シオン――?」

優しく、手を取る様に。名前を呼んで、その意識を導いてあげる。

「…………、」

茫然と、最初はいまいち、目の焦点が合っていないその瞳が、私を捉えようとしていた。

少しずつ意識の輪郭らしきものが浮かび上がってくる。

「アリ、シア……?」

「ええ、アリシアです」

そうして、浮かんできたのは、戸惑いと怯え、――恐怖。

「あ、アリシア……!? なに、え、どうしたの!?」

「大丈夫。大丈夫ですよ、もう、終わりましたので……」

「へ……?」

状況が呑み込めないシオンの頭をまだ動く右手で撫でてやる。

これで、シオンは大丈夫。後は――……。

「聖女、ネヴィッサ・ヴェルナリア」

力無く項垂れる聖女の下へ膝を突いて屈んだ。

「私の、勝ちです」

「……ええ、そのようね……？」

言葉からは生気と言うものを感じられない。

これから下されるであろう罰を甘んじて受け、裁かれる事を許容する。

そう言った諦めに似た笑みを浮かべ、彼女は私を見つめる。

「弱者はただ、強者に従うのみ……。私は貴方に従うわ。アリシア・スノーウェル」

力無き瞳に映るのは絶望だ。

どれほど高尚な理想を唱えた所で、最終的にモノを言うのは力だった。

神々に祈った所で救済は齎される事はなく、ただ、力を持つものだけが理想を叶えることが出来る。それはこの世の根本的な、覆しようのない現実だ。

だからこそ、聖女は戦う事を諦め、夢を見せることにしたのだ。

力無き者が、力有る者に支配されている現実から目を背ける為の夢を。

……同族嫌悪。認めたくはなかったが、多分、この人と私は、根の所が似ているのだ。

ただ、その理想を叶えようとしたか、諦めたかの違いで、それはとても大きな、私には乗り越える事の出来なかった違いなのだけれど。

「私は、貴方を見捨てない」

その意図を測りかねたように聖女は首を傾げた。

もはや人の心を読む力すら残っていないらしい。

「誰か一人が犠牲になって救われる世界だなんて、ムカつくじゃないですか……」

全ての罪を背負い、優しい嘘で支配する、楽園の上に君臨する孤独な女王――。

そんなものの誕生を、私は見過ごせない。

それを認めてしまったら、何を話しているのか分からず、困惑気味にこちらを窺う〝孤独な勇者様〟の事も、認める事になってしまいそうだから。

「貴方が全てを背負うというのであれば、一人で背負わせたりなんてしません」

言って、茫然と私を見上げるその人に向かって手を差し出した。

「ヒト一人に救える世界なんて、たかが知れてるんですから」

信じられないものでも見るかのように、隻眼となった瞳が見開かれ、僅かに揺らいだ。

「それとも、私に貴方を殺させますか？」

「それは……」

それは、させないだろうという予感があった。

私がこの人を殺せば後悔するであろうことを、この人は見抜いている。

そんな〝優しい人〟なのだ、たとえ、魔族だとしても。

「……私の負けね」

飾り気のない、何のしがらみも感じない声色で彼女は私の手を取り、微笑む。

「信じられないのならもう片方の目も潰して戴いても構わないわ」

「その方が示しがつくっていうんなら、そうしましょうか？」

言って、笑った。

少しずつその瞳が色褪せ始めていた。魔力量も、もう、普通の人間とそう変わらない。

私も取り込んだ魔力は消費され、いつの間にか尻尾は消えてしまっていた。

もう少ししたら頭の上の耳も消えてくれるだろう。

「アリシア……？」

話が一段落ついたのを察してか、遠慮気味にシオンが顔を覗かせた。

「すみません、蚊帳の外にしてしまって」

「それは別に良いんだけど……、何があったの……？」

「それは――」と適当に、言い訳を考える。

たとえば、暗殺者にシオンが操られてしまって、大暴れしただとか。貴方を止める為に私と聖女様は大変だったとか、そう言う〝誰も傷つかない嘘〟を話して聞かせて、「はーっ、疲れましたー」とか笑って見せるつもりだった。

――だけど、振り返った瞬間、いまにも泣き出しそうなシオンの顔を見て言葉が喉で引っかかって、それ以上、何も言えなくなってしまった。

「あー……、あはは、えぇっと……、じつは……、じつは、ですねっ……？　いっ……」

「だ、大丈夫⁉　痛む⁉　痛むよね⁉」

思わず走った痛みに、身を強張らせるとシオンが慌てて身体を支えようと手を差し出して来る。しかし、触れれば傷に障る。かといって触れなければ傷口を見る事も出来ないとバタバタ慌てるシオンに思わず私は涙交じりに吹き出した。

「大丈夫です。大丈夫。ここには治療のスペシャリストが二人もいるんですよ……？　お互いに治し合えばこれぐらいの傷、どうって事ありませんっ……」

「だけどぉっ……！」

両目に大きな涙を浮かべながらシオンは私の肩を掴む。

この子は事あるごとに勇者として私を護ると言ってくれるけれど、私からすればお姫様はシオンの方で、きっと私にはドレスなんて似合わない。

「ねぇ、シオン……？」

少しずつ、身体から力が抜けていくのを実感しながら、最悪、これだけは言い残しておかねばならないだろうと思って、どうにか言葉を絞り出した。

「私は、貴方の思うような人間ではありません。怒りもするし、足も出る。花嫁とは名ばかりの、余り褒められた人間ではありません……」

「………？」

何のことか分からないのだろう。シオンは目を丸くした。

だけど、それでも良い。

これは、告白なのだ。神々への信仰を捨て、自らの感情に従った、愚か者の、独白。

「悪魔憑きの子供達の事は、……すみません。頭に血が上っていました……。冷静ではなかったのだと思います。……あの時、シオンが止めに入ってくれなかったら、……きっと私は、もう、戻れなくなっていた……」

もう既に、胸を張って言えるような道を歩んできてはいない。寧ろ、人に憎まれるような人生だった。生きる為とはいえ、他人の命を糧に、血に汚れた、罪人の生涯だ。

それでも、異端審問官だから、執行官だからと人を傷つける事に躊躇なくなってしまったら、私はもう、二度とこの子の隣に立つことは許されない気がする。

「アリシア……？」

揺らぐシオンの瞳が綺麗だ。見つめていると、吸い込まれてしまいそうになる。

「……私は、貴方に出会えてよかった」

例えそれが、神々に仕組まれたものなのだとしても。

だから、最後に、これだけは、ちゃんと言っておかないといけないと思った。

「決して、誰かの事を、……自分の事を、責めたりしないでください……？」

例え私が此処(ここ)で死ぬ事になったとしても、その責任を感じる事の無いよう、聖女に記憶を消させるような事にならないよう、言っておく。

「これは……、私の責任なのですから――……」

「アリシア……⁉」

シオンがどんな顔をしているかを見る事もなく、私は身体を預け、囁(ささや)いた。

「聖女様の事を、……よろしくお願いいたします」

そのまま、膝から力が抜け、その場に崩(くず)れ落ちる。

床(ゆか)に広がる血の感触が、シオンの私を呼ぶ声が、徐々に遠く、曖昧になっていく。

死とは、……じつに呆気(あっけ)ないものだ。望んでいようがいまいが、必ず訪(おとず)れる。

誰もがいつかは導かれるその世界の淵(ふち)へと、私は沈んでいく。

ただ一つ、胸の内に一握(ひとにぎ)りの満足感だけを抱(いだ)いて。

「あー、あー、あー」

勇者様が慌ててアリシアを運び出していってから暫(しばら)く経(た)って、今。

私が自分の傷を癒(いや)し、完全に視力が失われる前に聖堂内の修復も行っておこうと辺りを見回していると、その人物は影(かげ)の中から姿を現した。

「デッド・シーカー、ヴェール・クロイツェン……？」

「あー、そりゃ偽名(ぎめい)だし二つ名も恥(は)ずかしいから忘れてくれ。馬鹿にされてたって事に、今さっき気付いた」

バツの悪そうに告げる彼女(かのじょ)の顔には影はなく、元の人間としての顔が現れている。

凛(りん)とした、まだ幼さを残しつつも目つきが悪い、悪人面した善人とでも言えば伝わるだろうか。

「私は、良いと思いますよ。監死者(かんししゃ)、ヴェール・クロイツェン。立派ですわ？」

「……良い性格してるよアンタ」

彼女が床に落ちていた勇者の剣(つるぎ)を手に、近づく。その瞳に感情はない。

「私を殺すのであれば、ここを直してからでもよろしいでしょうか？　あと、聞いて頂けるのであれば場所も変えて、……あの子に知られぬ場所でお願いできるのなら幸いです」

言えた義理ではない事は分かってはいるのだけど、立つ鳥は跡を濁したくない。

私がいなくなればあの子が聖女認定を受けるだろうし、きっとその方が世界は良くなるだろう。不愛想で、一見すれば冷たそうに見える顔も、笑って見せればどうにも可愛らしく、花嫁と呼ぶに相応しく、愛おしい。

その肩書が花嫁から聖女になった所で、何の違和感もないだろう——。

「どうか、……お願い致します」

懇願すると、意外そうな顔で暗殺者は私を見た。

「人の心が読めるんじゃねぇのか、アンタ」

「不思議なもので、目が見えるようになってしまうと人の心と言うものは見えなくなるものなのです。元より、光を失って得た力でしたので……。いまは、貴方がどうやって私を痛めつけようとしているのか見当もつきません」

「酷く残酷な、殺して欲しいって強請る間は死ねないような惨い殺し方だよ」

「それは良いですね……。咎人たる私に相応しい」

過去を奪うという行為は、一度、その生涯を終わらせているに等しい。

思い出させようとすれば消した過去を思い出させる事は不可能ではないとはいえ、そうやって子供らを殺めながら善人面していた私には、地獄の業火すら温いだろう。

「拍子抜けだな。みっともなく足掻いて見せろよ」

「いつまで経っても終わらぬ悪夢に、嫌気がさしていたというのもあるのですよ」

どれほど願った所で世界を救う事など私には出来ず、どれほど祈った所で救える命には限界がある。取りこぼし、奪われていく命に目を背けつつも救える命だけを救って〝良かった〟と思えたのなら、私はもっと簡単に、女王になる事が出来ただろう——。

「だから、もう良いのです。共に背負うと言ってくれた、あの子には悪いですが……」

いまから殺されるというのに笑っていられるというのもどうにも可笑しな話かも知れないが、不思議と憂いはなかった。

「あの子になら、任せられる」

私の叶えられなかった夢を。

悲しむ子供達の生まれてこない世界を。

その手できっと、実現してくれるだろうというある種の確信があった。

「これを、神のお告げだなんて言ったら怒られるでしょうけどね」

聖女には神々の声が聞こえない。

私に出来るのはあくまでも人々の声を聴き遂げるだけ。

叶えるのは、別の者の役割なのだ。

そんな簡単な現実すら、見えていなかった。

「まー、良いんじゃねぇの。別に。ヒトは後悔しながら生きる生き物だっていうし、過去を悔いることが出来るのなら、それはそれで〝生きてる〟って事なんだろうと思うぜ」

傍に近づいて来た影に、私は瞼を閉じた。

ここで終わるのだと、心を収めた。

――しかし、「生きろよ。その後悔に区切りが付けられるまでは」影は傍を通り抜け、勇者の剣を私の足元へと投げると聖堂の外へと向かって歩いていく。

「良いのですか……？　私は――、」

「〝いまは人間〟だろう？　俺は人間は殺さねぇ、殺すのは魔族だけだ」

茫然と、その後ろ姿を見送る。

「だとすれば、貴方は〝いまは魔族〟という事になりませんか？　それに、魔族は人間を殺すものと仰ったのはどなたでしたっけ？」

「お前なァ……？」

うふふ、と笑い、悲惨な聖堂内に目をやった。

「お互い、道を歩み間違えましたわね」

「まぁな。……でも、少しは救われたよ。アンタじゃねぇが、俺もうんざりしてたんだ。〝話の通じる魔族〟って奴もいるんだってことが分かって、救われた」

「私は、人間なのでは？」

「うるせぇ、ぶっ殺すぞ」

言葉とは裏腹に殺意は感じられなかった。しかし、続く言葉は鋭いものだ。

「お前は、あの花嫁の大切な人を奪ったんだ。その事だけは忘れるんじゃねぇぞ」

「……分かっておりますとも」

過去は常にそこにある。罪は消えない。

「元より背負うつもりの覚悟でございますので」

「見てるからな」

「…………ええ、どうぞ、監視していてください」

心が読めずとも、その心の内は伝わった。

私達は今日、生まれ直したのだ。過去を、抱いたままに。

「この世が地獄であっても、共に歩むと、誓ったのですから」

——あの花嫁のように。

12

目が覚めた時、真っ先に感じたのは身の危険だった。

恐(おそ)らくは病棟(びょうとう)の、医務室なのだろうという事は分かったがそれ以上に、目の前に居たのが〝半裸(はんら)で迫(せま)り来る性女(せいじょ)〟であることに驚愕(きょうがく)し、咄嗟(とっさ)の判断で襟元(えりもと)を掴んで押し倒(たお)したのだが、それが逆に不味(まず)かった。

「ああッ……、そのような、いけませんっ……いけませんわぁっ……!?」

「……………………」

どうやら押し倒される側の快感に目覚めてしまったらしい性女様、もとい聖女(ヘンタイ)を払い落し、窓の外を見ると既に秋の葉が散り始めていた。

「随分(ずいぶん)と長い間お眠(ねむ)りになっていたのですよ……? あれから三日ほどが経っております。このまま目覚めぬようであれば、せめてその清純だけでも奪っておくべきかと愚考(ぐこう)し始めた次第(しだい)でした……」

「意味が分かりませんし殺されたいんですか?」

「アリシアさんにでしたら、是非(ぜひ)っ……」

あ、やっぱ殺すべきだったかも、此奴(こいつ)。

「聖女設定は何処行ったんですか……」

「いえいえいえっ、私は私ですのでっ……？」

近い、煩い、鼻息がうるさい!!

そうやってまるで犬のように迫る聖女を拒んでいると騒ぎを聞きつけたらしいシオンが飛び込んで来たかと思えば私の顔を見て固まり、勢い任せに聖女を突き飛ばした。

護衛対象であるはずの聖女がどでっと音を立てて、ベッドから落ちる。

……シオンさん？

「アリシアだっ……アリシアが生きてるぅっ……！」

「あー、はいはい。アリシアですよー。アリシアさんですよー……？」

みるみるうちに涙を浮かべる姿を見ていると、これ以上この子を泣かせるような真似はしたくないと思ってしまう。

まぁ、出来ればこんな目に遭うのは本当にこれで最後であって欲しいものだ。

死にたくないのだ、私は。何処その変態聖女とは違って。

「……悪魔憑きの子らは、どうなりましたか」

「悪魔憑きの……？」

「……ええ、なんらかの采配が下されたものと、思うのですが……」

生憎、当事者である聖女は床で気絶してしまっている（たぶん平気）。

「えっと……、他の街への移転や他国への亡命を望む子には今まで通り船で送り出してあげることにして、希望する子は聖女様の護衛として雇う事になったって、聖女様が。色んな神父さん達から反対されて大変だったみたいだけど、教皇様がお戻りになられてからは、『ならば、そうしなさい』の一言で、決まったって。実は、アリシアの病室の警護も引き受けてくれてて――」「仕事だからな」

ひょこっと、顔を覗かせたのは犬耳の青年だった。

「……その様子だと記憶が戻ったようですね」

「ああ、目が覚めたらどう痛めつけてやろうかって相談していたところだ」

おー。それは怖い怖い。

「……先日は、すみませんでした。取り乱してしまい。痛い思いをさせてしまいました」

「話は聞いたよ。聖女様からな。……間接的にアンタに助けられた形になった。それで水に流してやるとは言わねーが、これで貸し借りは無しだ。ただしッ、テメェがまた俺の仲間に手を出すような真似をしたらただじゃおかねぇ」

「肝に銘じておきます」

軽く頭を下げる私と犬耳青年を見てシオンが面白おかしそうに顔を歪ませた。

「えーっ？　でもシュノエ君、自分からアリシアの警護申し出てたよね？　教会の騎士は信用ならないからって」「え、エルシオン殿……、それは言わぬ約束ではっ……？」「え？　そうだっけ？　でも心配だったんでしょ？」「それはッ……」

どうにかこうにか、収まる所に収まるようにはなったらしい。

私は煩い二人を横目に服の裾を捲って傷の跡を確認してみるが全く残ってはいない。かなり酷い状態であったのにもかかわらず、たった三日でこれ程までの回復を見せるとは、悪魔憑き化の影響とは凄いものだと思う。

犬耳青年が護衛に雇われる訳だ。

やはり、人と魔族とでは、能力だけではなく、身体の作りが違うのだ。根本的に。

もしかすると、私が監死者の固有技能を模倣し、聖女の洗脳を理解したのもその力の一端だったりするだろうか……？　無我夢中で何が何だか分からなかったのだけど。

「…………」

ふと、この煩い犬共を黙らせる事が出来るのかな、と自分の右手を見つめて魔力を練ってみるけれど、やり方はちっとも思い出せなかった。

監死者の影を操る技も同じだ。影を操るというより影を纏うというか、影になるというか……、そう、いま考えてみてもあれがどういったものだったのかすら分からない。

火事場の馬鹿力――……、破れかぶれの生存本能が為した技なのだろう。

再現性に乏しい技術であれば今後当てにするのは危険か。

「シオン？　少し、独りにして貰えませんか。ちょっと、疲れてしまって」

「えっ……、あ……!!　や、やっぱり痛む……!?　平気!?」

「ええ、平気です。少し眠りたいだけですので、ね？」

シオンはまだ何やら言いたそうで若干渋る。

しかし、流石に犬耳青年に促されると渋々退室と相成った。

名残惜しそうに閉まって行く扉の向こう側に見えるシオンの顔が、どうにも可愛らしいやら愛おしいやらで、つい、笑ってしまった。

「呼べば、すぐ来るからね……？」

「捨て犬を拾ったのは、失敗だったかもしれませんねぇ……？」

私は元々猫派なのに、ちょっと犬もいいかもしれないと思うようになってきている。

躾の行き届いていない狼は、苦手だけれど。

「わ、私はっ……、あなた様の犬でございますわんっ……!?」

ベッドの縁に、性女がいた。

「……出てってもらって良いですか。真面目に」

改めてシオンを呼んで聖女様を連れ出して貰う。これからは悪魔憑き達への迫害を聖女の名で食い止める事になるというのに、あの女は分かっているのだろうか……？

「まぁ……、それは私の仕事ではありませんか……」

何も物思いに耽りたくて独りにして貰ったわけじゃない。

私が寝ている一週間。少なくとも上司の下に連絡は行っているだろうし、目が覚めたのなら繋がらないにしても一報ぐらいは入れておくべきだ。

まさか、繋がらないなんてことは――、と、少しだけ心配したのだけれど、呼び出して数コール目で何事もなく通信は繋がった。

「……という事で、色々大変でしたが今回もどうにかなりましたよ。クソ神父」

「ハハハ、勇者に続いて聖女まで堕としてしまうだなんてとんだ浮気性な花嫁だね？」

手短に事の顛末を説明する。しかし、「お疲れ様」の一言もないなんて終わってない？このクソ上司。……まぁ、確かに聖女様との対立は私の独断専行ですし、本来の目的から逸れた上に完全に裏返ってるので怒られないだけマシなんですけども……。

「なにはともあれ君も聖女様も無事でよかった。悲しい別れもあったけれど、君たち二人の出会いは未来にきっと新たな可能性を生み出す。これまでもそうやって僕達は時の流れに新たな未来を編み出して来たのだから」

「なんかいい感じの事言おうとしていますけど、どうせ狙い通りなんでしょう？　これで七大枢機卿とは距離を置いていた聖女とのパイプが出来たと。……悪魔憑きの傭兵だって前線に駆り出されている聖騎士達の穴埋めが目的でしょう」

そもそも護衛を引き受ける代わりにその末席の指名権を融通してもらうと言ったのはクソ神父本人だ。私の知らぬところで何やら画策していてもおかしくはない。

「人聞きが悪いなー。純然たる世界平和の為だよ。人をそう権力にしがみ付く悪魔のように言わないで貰いたい」「悪魔なら祓ってお終いなので楽なんですけどねぇ……？」

別に、私は自らの所属する勢力の拡大に力を貸す事に疑問はない。私は神々の花嫁で、教会の奴隷だ。腹は立ちますけども。

「カロル神父の事は本当に残念だったよ。彼はいつだって君の事を――、」「あー……、それも良いです。もう、……別れは、済ませましたから」「……そうか」

気遣われるだけ癪に障る。相手がクソ眼鏡だからかもしれないけど。

「取りあえず、覚悟しておいてくださいね。獣化の件、忘れた訳じゃありませんから」

「世界平和の為に記憶を消して貰うよう、聖女様にお願いしておこうかな……？」

「自らの責任と向き合え、このクソ神父」

色々と言いたいことはあったのだけど、廊下が何やら騒がしかった。

下らない話は早々に切り上げる方が良さそうだ。

「傷が治り次第戻ります。それまではアタランテの事、よろしくお願いしますね」

「それは任せておきたまえ。彼と僕は一心同体。心通じ合う仲だからね」

私の愛猫とクソ上司がそんな仲であってたまるか。

「では、そういう事で」

言って通信を切ろうと思ったのだが、

「そうだろ？　魔王――？」


「……え？」

一瞬、ノイズ混じりの、不穏な言葉が聞こえたような気がした。

「シスター・アリシア、君の未来に幸あらんことを。戻るのを楽しみにしているよ？」

そうして、ぷちっと通信は切れる。

なんだろう。聞き間違えだろうか……？

「……まぁ、気のせいでしょう。疲れておりますし」

聖女も魔王がなんだと言っていたのでそのせいだろう。

パタン、とベッドの上に倒れ込んで瞼を閉じる。

本当に、今回は疲れた。出来ればもう、あの聖女絡みの厄介ごとは御免だ。

「……ん？」何やら布団の中に違和感があった。覗き込むと「──はッ、はッ、はッ」発情期の犬が発するような熱を帯びた吐息が、充満していた、「ッ……！」

「──アリシアッ!?」

騒ぎに気付いたらしいシオンが慌てて飛び込んで来る、──が、「ああッ……、なんでもありません、なんでもありませんよ、このッ……!!」私はそれどころではなかった。

祈祷術で生み出した縄で変態を縛り上げ、踏みつける。

「あァんっ……！　もっと……！　もっと強くぅっ……!!」「…………」

シオンは私に踏みつけられ嬌声を上げる聖女の姿を見て、言葉を失い、そして──、「……へぇ」心底軽蔑したような眼差しで聖女を見下ろした。

後からやって来た犬耳の護衛も、床で身をよじる変態を同様に目の当たりにし、思わず顔を引きつらせていた。否、ドン引きしていた。

「私を罰してくださいましィっ……！」

響き渡る嬌声に、神々の思惑に背いたことを、私は少しだけ、後悔していた。

日中夜所かまわず夜這いを仕掛けてくるようになった聖女をあしらいながら、傷が完全に癒えるまでの数日間は、聖都・エルディアスに滞在し、そこから教皇様へのお目通りを済ませてから、私達はクラストリーチへ戻る事になった。

街を出る時、聖女は別れを惜しみはしたが、流石に付いて来るとは言わなかった。

彼女自身、腐っても自らの役目は自覚しているようだったし、それ程にまで堕落してしまっているのであれば、私は本気で彼女の事を嫌悪しただろう。

愛を求める行為が罪なのではない。快楽に溺れることが罪なのだ。

――あと、シスター・ロリアが聖女の服の裾を掴んで離さなかった。

この人は私の物ですと言わんばかりの表情で睨んで、奪われる事を恐れるように。

奪われそうになったのは私の方だし、欲しくもないからしっかりと繋ぎ止めておいて欲しい。あの女はきっと、そうやって求めてくる子供達を無下には出来ないだろうから。

「……アリシア……？」

「ああ……、……いえ、こうして静かなのも久しぶりだな、と思いまして」

揺れる乗り合い馬車の中、教皇様が聖都に戻られたからか他に旅人の姿はなく、私とシオンの二人きりだ。実はこうしてのんびり出来るのも久々だった。

最後の方は孤児院の子供やら悪魔憑きの連中やらで、病室は騒がしかったから。

「平気……？」

「ええ、もうすっかり、健康そのものです」

あれからずっと、シオンは私に気を使い続けていた。

今回、自分が何の役にも立たなかったどころか、私に襲い掛かった負い目があるのだろう。気にしなくていいと、何度も伝えてはいるのに納得がいかないらしい。

――沈黙が重い。

「……ねぇ、シオン。私は確かに花嫁で、貴方の傍仕えなのですけども、私は別に、貴方に守って欲しいと思ってはいないんですよ？」

「へ……？」

突然の事に、シオンの表情が強張った。話すべきか否か悩んだのだが、一仕事終えて落ち着いたし、なんだかここで話しておかないと永遠に機会を失うような気がしていた。

「どういう、こと……？」

「私は、貴方に守られねばならぬほど弱くはありませんし、貴方に守って頂きたいと思う程、傲慢な女でもございません」

徐々に不安の色に染まっていくシオンを見ながら、「そういう所が可愛いんですよねぇ……？」とか思いながら私は微笑み、手を取った。

「私はね、シオン。貴方の隣に立っていたいのです。教会に従う、神々の花嫁としてではなく、勇者様の花嫁として」

図(はか)らずとも、今回の一件で『悪魔憑きの傭兵』という力を教会は手に入れた。それは魔族への対抗(たいこう)手段を一つ増やしたという事であり、手綱(たづな)を取る事の出来ない勇者の代わりが出来たとなれば、いずれ〝勇者暗殺〟は再び囁かれる事になるだろう。

——そうなった時、今度こそ私は選択(せんたく)を迫られるのだろう。

教会か、勇者。そのどちらに身を捧(ささ)げるのか、と。

「お恥ずかしながら、私には、貴方が抱(いだ)くような戦う理由はありません。守るべきものも、貫(つらぬ)くべき正義も、何一つ、持ち合わせてはいないのです」

ただ保身のために。ただ、生きていく為だけに、この身を血で染め続けて来た人生だ。

とてもではないが、誇(ほこ)れるような過去でもないし、一生、その罪が消える事もない。

一生、彼らの死を背負って生きる覚悟は出来ている。この世界を。この地獄を。

それが彼等の命を奪い取った私の業だ。

「それでもね、シオン、私は——、」

……それでも、思ってしまったのだ。シオンの隣に立つ、聖女の姿を見て。

どうして、隣に立つのが私ではないのかと。

それは神々の花嫁が抱いてはならぬ感情だ。決して、強請ってはいけない夢だ。

否定すべき願いでもある。だが――、「もしも、貴方が望んでくれるのであれば――、私は、」と、そこまで言ってシオンの瞳が涙に揺れている事に気付いた。

そして、続く言葉を紡ぐより先にシオンの身体が飛び込んで来ていた。

「アリシアっ……、僕はっ……、僕はッ……！」

「……少し、焦り過ぎたのかも知れませんね」

腕の中に勇者様を受け止めながら、私はそっとその髪を撫でてやる。

見た目以上に幼く、小さな身体だ。

私たちは、お互いを守り合えるほどの力を持ち合わせてはいない。

守りたいと強請ったものすら取りこぼしてしまうような、誰かの思惑に絡め取られれば、吹いて消えてしまうような灯でしかない。

「頑張りましょう。シオン。……神様に、負けないぐらいに」

シオンは黙って頷いた。何度も。何度も。私の胸の中で。

私は震えるシオンをぎゅっと包み込んだ。

――やっぱりこの子には、勇者よりもお姫様の方がお似合いだ。

――私はこっそりと微笑む。

Epilogue

街に到着した時からその異変には街の騒がしさから感じていて、門を抜けるなり駆け寄って来た神父の報告を受けると私は即座に、シオンを置いて飛び出していた。

廊下を駆け、ノックする事もなくクソ眼鏡の執務室の扉を開け放ち、踏み込んだ先にあったのは、「――ああッ……、」ぽっかり穴の開いた壁と、散乱した書物。そして何者かと争った形跡と、彼方此方に飛び散った血痕だ。

当然ながら人影などはない。

襲撃があったのは、私が丁度、聖都を立った日の夕暮れなのだから当たり前だった。

それでも私はその光景に言葉を失い、そして叫んでいた。


「あ……、あ、アタランテーーーー!!!?」


姿なき愛猫の名は、ぽっかりと開いた穴から空高く響き渡り、虚しく、消えていく。

――クソ枢機卿が姿を消した。私の、愛猫と共に。


【続く】

あとがき

好き勝手に書き綴った結果、また規定ページ枚数上限となりました。葵依幸です。

世間一般的に人気のある「俺つぇー系」や「青春ラブコメもの」からは程遠い、（作中の人類の中では）最強シスターではあるものの、相手が作中生物の中でも最上位に属する存在達であるが故に血みどろバトルを強いられる、そんなアリシアさんの物語にお付き合い頂き心から有り難うございます。

本当に、本当に、ありがとうございます。

二巻の売れ行きで三巻が出るかどうかが決まるのですっ……！　もし二巻の売れ行きが悪ければ、クソ眼鏡やアタランテの行方、意味ありげに出て来た「魔王」と言う言葉の意味する所すら明かすことなく、お話に幕を引く事になるので……！（現時点、このあとがきを書いている時点ではマジで三巻出るかは不明です。不明なのです……！）

……まぁ、取らぬ狸のなんとやら。先の話はこれぐらいにして二巻の内容に関して軽く。

今回の物語の主軸である聖女様と監死者は違う道を辿った場合のアリシアとシオンです。アリシアが孤児院に拾われる事無く、シオンがヴァイスに出会わなかった場合、彼女達のようになっていただろうなー。と言うお話でした。衝突はあったにせよ、収まる所に収まって良かったですね（わんわんっ）。

ただ、前巻でのあの人のやらかしと、今巻でのあの人の暗躍のおかげでアリシアさんの知らない所では大変な事になっている模様。教会の教えに背くからー。

と言う訳で、次回からは一気にお話が転がって行く予定なのですが……、三巻よ、出ろ。

――残り行数が減ってきた所で謝辞を。

一巻最終稿直前での担当引継ぎ時と同じく、今回も大量の赤ペンと遠慮ない指摘で心を折りに来てくださった担当編集のリンリン様。二時間にも渡る詰問、もとい、尋問のおかげで設定をより一層深く、細かくする事が出来ました。引き続き、宜しくお願い致します。

また、今回もぶん投げお任せコースで押し付けた著者に代わり、キャラデザを描き起こし、物語に彩りを加えて下さったイラスト担当のEnji様。本当に、有り難うございます。毎度毎度、曖昧な案しか出て来なくて本当にすみません。頭が本当に上がりません。

最後に、一巻に引き続きこの本を手に取って下さった皆様。そして、一巻の感想を書き込んで下さった読者の方々、千年の孤独も皆様の「面白かった」の一言で報われる思いでございます。これからもお付き合い頂ければ嬉しいのですが――……、果たして。

以上、アリシアさんのノーパン疑惑に続き、聖女様のノーブラ疑惑に震えている、そんな葵依幸でした。

――見えそうで見えないのが、正義です。

勇者殺しの花嫁 II

- 盲目の聖女 -

2024年5月1日　初版発行

著者――葵依幸

発行者―松下大介
発行所―株式会社ホビージャパン

〒151-0053
東京都渋谷区代々木2-15-8
電話　03(5304)7604（編集）
　　　03(5304)9112（営業）

印刷所――大日本印刷株式会社

装丁――小沼早苗（Gibbon）／株式会社エストール

Printed in Japan

ISBN978-4-7986-3528-6　C0193

ファンレター、作品のご感想
お待ちしております

〒151－0053　東京都渋谷区代々木2－15－8
(株)ホビージャパン HJ文庫編集部 気付
葵依幸 先生／Enji 先生

アンケートは
Web上にて
受け付けております

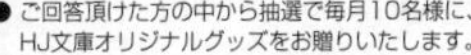

- 一部対応していない端末があります。
- サイトへのアクセスにかかる通信費はご負担ください。
- 中学生以下の方は、保護者の了承を得てからご回答ください。
- ご回答頂けた方の中から抽選で毎月10名様に、
HJ文庫オリジナルグッズをお贈りいたします。

リピート・ヴァイス 1
～悪役貴族は死にたくないので四天王になるのをやめました～

著者／黒川陽継
イラスト／釧路くき

実は最強のザコ悪役貴族、
破滅エンドをぶち壊す！

人気RPGが具現化した異世界。夢で原作知識を得た傲慢貴族のローファスは、己が惨殺される未来を避けるべく動き出す！　まずは悪徳役人を成敗して、領地を荒らす魔物を眷属化していく。ゲームでは発揮できなかった本来の実力を本番でフル活用して、"ザコ悪役"が気づけば物語の主役に!?

孤高の王と陽だまりの花嫁が最幸の夫婦になるまで 1

著者／鷹山誠一
イラスト／ファルまろ

孤高の王の花嫁は距離感が近すぎる王女様!?

孤高の王ウィルフレッドの下に、政略結婚で隣国の王女アリシアが嫁いできた。皆が彼に怯え畏れる中、わけあって庶民育ちなアリシアは、持ち前の明るさと人懐っこさでグイグイと距離を詰めてくる。彼の為に喜び、笑い、そして怒るアリシアに、ウィルフレッドも次第に心を開いていき――

発行：株式会社ホビージャパン